JN044349

マドンナメイト文庫

いいなり姉妹 ヒミツの同居性活

哀澤 渚

目次

contents

いいなり姉妹 ヒミツの同居性活

第一章　僕だけのチューボー姉妹

1

「ただいま！」

玄関のドアを開けて東原秀介《ひがしはらしゅうすけ》が家の奥に向かって声をかけると、廊下を走ってくる足音がドタドタと聞こえた。

「お帰り、お兄ちゃん！」

まず先に玄関に着いたゆあが元気よく迎えてくれた。

髪はショートカットで、体つきは小柄でむっちり。中学一年生ならではは幼児体型が魅力的だ。

その魅力をさらに際立たせるのは、短パンにTシャツというラフな服装だ。剝《む》き出しになった健康的な太腿がまぶしくて、秀介は思わず目を逸《そ》らしてしまう。

「お帰りなさいませ、お兄様」

次に少し遅れて到着したひめかが、お淑《しと》やかな佇《たたず》まいで言った。

ひめかは中学二年生だ。ボーイッシュで元気いっぱいのゆあとは対照的に、ひめかはストレートのロングヘアで、女の子っぽい魅力に溢れている。

将来はメイド喫茶で働くのが夢というひめかは、家ではだいたいメイド服を着て過ごしている。

少し変な子だが、家に可愛いメイドがいるというのは、なんとも素晴らしいことだ。しかも、今日のメイド服は胸を強調したデザインで、前屈《かが》みになるとパンティが見えてしまいそうなミニスカートもたまらない。

さらに言えば、黒いニーソックスとスカートまでのあいだにのぞく絶対領域は、ゆあの剝き出しの太腿以上の破壊力だ。

ゆあは完璧なアイドル顔で、ひめかは美人女優の卵的なクールビューティーと、あまり顔は似ていないが、ふたりは血のつながった姉妹だ。だが、秀介だけは血はつながっていない。

秀介は現在、都内の私立大学に在学中の二年生だ。小学生の頃に母親が病死し、それ以降は、ずっと父親の浩一《こういち》と二人暮らしだった。

味気ない生活を送っていたし、父親も同じように味気ない生活を送っていると思っていたら、どうやら違ったようだ。

浩一には数年前から付き合っていた女性がいたらしく、ケジメをつけるために今年の春に再婚したのだった。

もちろん秀介は心から祝福した。

父親は今、五十歳だが、まだまだ人生は長い。自分の人生を有意義に過ごしてもらいたいと思っていた。

「この人が俺の奥さんになる人だ。そして、秀介、おまえの新しいお母さんになってくれる人だ」

ある日、浩一は我が家に連れてきた女性を、そう言って紹介した。

名前は、井上早紀子《いのうえさきこ》。その直後、東原早紀子と名前が変わるのだが。そのときはそんな名前だった。

早紀子はいかにも仕事ができそうな、ザ・キャリアウーマンといった感じの美人だった。

それもそのはず、浩一が経営している輸入雑貨会社の秘書をしていて、英語とフランス語がしゃべれるトリリンガルだ。

とにかく優秀な女性で、海外との取引が主な浩一の会社は早紀子の力で持っているようなものだということだった。

そして、早紀子はバツイチで中学生の娘がふたりいた。それが、ゆあとひめかだ。

美人の娘が美少女なのは当然だ。ふたりとも、おそらくクラスで一番人気のはずだ。少なくとも秀介が同級生なら、絶対に好きになって、眠れない夜をいくつも過ごしたことだろう。

浩一も早紀子も再婚なので結婚式などはせずに、いきなり入籍&同居することになった。そして、ふたりの妹も、当然この家でいっしょに暮らしはじめた。

それが二カ月前のことだ。

今まで女性と暮らしたことがない秀介は、いきなりできたふたりの妹にどう接していいかわからなかった。

なにしろ中学生という難しい年頃だ。「おっさん、うぜえよ」とか「臭いんだけど」とか「洗濯物はいっしょに洗わないで」と冷たく接してくるのではないかと不安だったが、ふたりとも秀介が拍子抜けするほどイイ子たちだった。

どうやら今まで女三人で暮らしていたせいか、彼女たちは兄が欲しくてたまらなかったらしいのだ。

ひめかはまだ少し秀介に対して遠慮があるが、ゆあは「お兄ちゃん、お兄ちゃん」と子犬のようにいつもまとわりついてくるのだった。

今も秀介の腕にしがみつき、リビングのほうに引っ張っていく。

「お兄ちゃんに見せたいものがあるの！」

「なんだよ、ちょっと引っ張るなよ」

迷惑そうに言いながらも、秀介の顔には笑みが浮かんできてしまう。そんな秀介をひめかが微笑《ほほえ》ましそうに見つめている。

「ほら、これ」

リビングのテーブルの上からつかみ上げてゆあがこちらに差し出したのは、テストの答案用紙だった。しかも、百点満点だ。

「ゆあちゃん、すごいじゃないか！」

秀介が驚くと、ゆあは少し困ったように首を傾《かし》げた。

「違うんだよなあ。ほら、よく見てよ、ここ」

そう言って名前のところを指さす。そこには「東原ひめか」と書かれていた。

「そうか。ひめかちゃんか。それなら納得だな」

「ひど〜い！」

ゆあが体当たりしてくる。

「痛いよ、もう」

よろけた先には、ひめかが恥ずかしそうに顎を引いて立っていた。もじもじしながら言う。

「お兄様が勉強を教えてくださったからです。ありがとうございます」

「いや、まあ、そんな。ひめかちゃんが優秀だからだよ」

確かにひめかの家庭教師的なことをしていたが、もともとひめかはかなり成績がいいらしく、下手《へた》をしたら秀介が逆に教えられてしまうほどだった。

それでも秀介が家庭教師役を辞退しないのは、ひめかの近くにいたいからだった。

密室でふたりっきりで、机の前に並んで座り、問題集をのぞき込むとき、ひめかと軽く肩が触れ合うのがたまらない。

それにすぐ近くから見る、ひめかの横顔がまた最高だ。肌はもちろん陶器のようになめらかでつややかだし、毛穴などひとつも見当たらない。

そんなひめかが頬を軽くふくらませて問題集に向かっているのを間近で見ることが

できるのは、今までの人生の中で一番幸せな時間だった。

「また勉強を教えてくださいね」

ひめかが思いきったように言う。

「もちろんだよ！　期末試験もがんばろうな」

秀介はひめかの頭を軽くポンポンと叩いてやった。ひめかの色白の顔が、ポッと赤くなる。

「ああ〜、お姉ちゃんだけずるい〜」

ゆあが不満げに唇を尖らせる。

「ゆあちゃんも少しは勉強をがんばろうな」

そう言って、秀介はゆあの頭もポンポンと軽く叩いてやった。

「うん。がんばる！　だから、ゆあにも勉強教えてね」

「ああ、いいよ。可愛い妹のためなら、それぐらいお安いご用だよ」

「お安いご用？　お兄ちゃんのボキャブラリーってお爺さんみたいだね」

「なんだと！」

軽く怒ったふりをすると、ゆあはケラケラ笑いながら逃げていき、ソファにダイブした。俯《うつぶ》せに倒れ込み、短パンから伸びた素足をバタバタさせている。

なんなんだ、この楽しい時間は……。

秀介は全身が心地よく痺れるのを感じた。

今までの人生、特に女性にモテた経験はない。中学高校時代も、バレンタインデーに義理チョコをもらったこともなかった。

それでも、大学に入ってすぐのクラスコンパで知り合った女性と仲よくなった。数回デートし、初めてセックスをした。

順風満帆《じゅんぷうまんぱん》。これからバラ色の大学生活が始まるのだと思ったが、一カ月ももたずにフラれてしまった。

「秀介君って、ちょっと退屈なのよね」

それが別れの言葉だった。

初めての恋人だったので、紳士的に振る舞わなければいけないとがんばりすぎた。冗談やエロいことも言わず、常に気を張っていた。

それが原因だったと反省したが、もう「後《あと》の祭り」だ。またゆあにお爺ちゃんみたいなボキャブラリーと言われそうだが、まさにそうなのだから仕方ない。

それ以来、一度も女性とデートしたことはなかった。そんな秀介を、妹たちはこんなにも慕《した》ってくれている。

もちろん、男として恋愛感情を抱いてくれているわけではないはずだ。それでも、怖くなるぐらい幸せだった。

女子中学生との同居生活は、本当に最高だ。

そういえば、両親の姿が見えない。秀介は学校帰りにコンビニでバイトしてから帰宅しているので、両親が帰宅していてもおかしくない時間だ。

「父さんたちは？」

秀介が訊《たず》ねると、ゆあがソファの上で寝返りを打つようにして、こちらに顔を向けて言った。

「急に出張が決まったんだって。なんでも以前からさんざん口説いていた相手から、ようやく商談に応じてもいいって連絡が来たからって、今日、ロサンゼルスにふたりで大急ぎで出かけていっちゃったの」

輸入雑貨の会社を経営しているために、浩一は以前からしょっちゅう海外に出張していたので、こういうことは珍しくはない。

早紀子は浩一の秘書なので、いっしょに行くのも当然だ。ひょっとしたら以前からいっしょに出張に行っていて、そのときに親しくなったのかもしれない。

「で、今回はどれぐらいの期間になるって言ってた？」

次に秀介の問いかけに答えたのは、ひめかだった。

「最低でも一週間だそうです。商談のついでに新婚旅行をしてくるから、と言ってました」

ゆあが答える前にといったふうに、ひめかは慌てた様子で言う。兄を奪い合う可愛い妹たちの様子に、秀介はまた幸せな気分になってしまう。

両親が新婚旅行をしてくるなら、そのあいだはこの妹たちと三人だけで過ごすことになる。それはもうパラダイスといってもいい環境だ。

そう。ＪＣパラダイス！

秀介は目を閉じて幸せを噛みしめてしまう。その感慨《かんがい》を蹴散らしたのは、ゆあの無邪気な発言だった。

「お兄ちゃん、お腹へった！」

「なんだ？　晩ご飯はまだ食べてないのか？」

「はい。そうなんです。ひめかが作ろうかって言ったんですけど、ゆあはお兄様の料理が食べたいって言うもので……」

「だって、パパはお兄ちゃんに作ってもらえって言ってたんだもん」

子供の頃から父親とのふたり暮らしだ。しかも、浩一は基本的に帰りが遅く、出張も多かったので、秀介は自分の食事の用意は自分でしなければならず、必然的に料理が上手《じょうず》になっていた。

「わかったよ。今からご馳走を作るから、ちょっとだけ待っててね」

バイトで疲れていたが、可愛い妹たちのためなら料理だってなんだってする。秀介は大きな冷蔵庫を開けて、食材を物色しはじめた。

2

今週はバイトは休むことにした。小銭を稼ぐよりも妹たちといっしょに過ごす時間のほうが大切だ。

大学の授業が終わるとすぐに帰宅したが、それでも夕方になってしまう。腹をすかせた妹たちのために、急いで晩ご飯を作って三人で食事をした。

食事中はそれなりに会話が弾《はず》んだが、食べ終えるとふたりはすぐに自分たちの部屋に戻ってしまった。

「勉強、見てあげようか？」

ひめかの部屋を覗《のぞ》いてみたが、「英単語の暗記をしているところなんで大丈夫です。

なにかあったらお声をかけさせてもらいますね」と断られてしまった。

ゆあは友だちと長電話をしている。会話の内容から学校の同じクラスの女子らしいので、わざわざ電話で話さなくても明日学校で話せばいいじゃないかと思ったが、そう口に出すことはできなかった。

結局、ひとりでテレビを観るしかなかった。

(なんだよ。お兄ちゃん、お兄様、って懐いてくれてるのか思ったら、こんなに冷たくあしらわれるなんて……やっぱり女子中学生なんて気まぐれな生き物だ。子猫ちゃんだよ、子猫ちゃん。俺のことなんて、食事の用意をしてくれる下僕《げぼく》程度にしか思ってねえんじゃないの。やってられねえよ)

ふて腐れながらソファに腰掛け、リモコンでテレビのチャンネルを替えていく。と、いきなり「おりゃあ!」と叫ぶ男の野太い怒鳴り声がテレビから流れ出た。

「お、プロレスやってんじゃん」

小学生の頃はよく観ていたが、最近はあまりテレビでプロレスを観る機会は減っていた。

鍛え上げた肉体と肉体のぶつかり合い。さんざん痛めつけられて、最後の力を振り絞って反撃するキング・オブ・スポーツ。

男なら誰でも一度はプロレスラーの逞《たくま》しい筋肉に憧れるだろう。

秀介も子供の頃はプロレスを観たあとは腕立て伏《ふ》せやスクワットをして、プロレスラー気分に浸《ひた》っていたものだった。

「お兄ちゃん、プロレス観てるの?」

声をかけられて、テレビに集中していたことに気がついた。振り返った先には、友だちとの長電話を終えたゆあが立っていた。

今日もTシャツに短パン姿だ。剥き出しの太腿がまぶしい。

十代の女の肌は宝石のようなものだ。どんどん見せびらかしたほうがいい。もちろんそれは、家の中だけのことだ。

もしも、ゆあが外でこんな恰好《かっこう》をしていたら、秀介はどんなことをしてでも服を着せようとするだろう。

「お兄ちゃん、どうしたの?」

ゆあの怪訝《けげん》そうな声で我に返った。ついつい若い女体に見惚れていた。慌ててごまかす。

「あっ、うん、ごめん。誰もいないと思ってたのに、いきなり声をかけられてびっくりしたんだ。プロレス? いや、別に観てたわけじゃないから、観たいのがあればチャンネルを変えてもいいよ」

「ううん。ゆあはプロレスでいいよ。いっしょに観てもいい？」

そう言うと返事も待たずに、ゆあは秀介の横に座った。しかも、すぐ近くだ。

ゆあの剝き出しの腕が半袖のシャツを着た秀介の腕に微《かす》かに触れ、全神経がそこに集中してしまう。

「うわ！」

ゆあが叫び声をあげて、秀介の腕にしがみついた。

微かに触れ合う肌に意識を集中していたので、ゆあの腕とTシャツに包まれた乳房の感触が強烈に感じられた。

強すぎる刺激に、秀介は頭の中が真っ白になってしまう。

「キャー！　すごい！」

ゆあはプロレスの試合を観て熱狂しているのだ。秀介の腕にしがみつき、身体を揺する。

やわらかな胸がむにむにと押しつけられて、鼻血が出てしまいそうだ。股間はすでに完全に勃起してしまっている。

「ゆあちゃんはプロレスが好きなんだねえ」

なにか言わなければと思って、発した声が上擦る。

「うん。けっこう好きかも。体中の血がたぎるっていうか……そうだ！　お兄ちゃん、プロレスごっこしようよ！」

ゆあが振り返り、秀介の顔に自分の顔を近づけて言う。

「プロレスごっこ？　マジか？」

頭の中に、ゆあとグランドで組んずほぐれつしている姿が浮かんだ。それはもちろん、チョー卑猥な光景だ。すでに硬くなっていたペニスが、さらに力を漲《みなぎ》らせてカチカチになってしまう。

硬い生地のジーンズを穿《は》いていたので、見た目には勃起しているのがわからないはずだ。だが逆に、狭い空間で折れそうになって痛みが走る。

だけど、ゆあの目の前で位置を直すわけにはいかない。秀介は必死に痛みに耐えつづけた。

そんな秀介に、ゆあは自分の思いを告白した。

「ゆあね、ずっとお兄ちゃんが欲しいと思ってたの。それはね。プロレスごっことか、相撲とかして遊びたかったからなの。ほら、ゆあは女ふたり姉妹だし、お姉ちゃんはあんな感じじゃない？　プロレスなんて怖いことできないわって言って断られちゃうに決まってるし。同級生でも最近の男子はひ弱だから、ぜんぜん相手にならないの。でも、お兄ちゃんは大学生だからけっこう強そうだし」

ゆあは品定めするように秀介の身体をジロジロと見た。まるで視線で愛撫されているような感じだ。ゾクゾクするような興奮が身体を駆け抜ける。

もちろん、ゆあとプロレスごっこがしたい。でも、それが純粋にプロレスだけで終わるかどうかが問題だ。

でも、自分が言いだしたわけではなく、ゆあが相手をしてくれと言うのだから、もしも変なことになったとしても、きっと大丈夫だろう。少なくとも、秀介の責任ではない。

いちおう念のため、秀介はしぶしぶ受けたという形で了承した。

「そうか。妹の夢を実現させてやるのも兄の努めだよな。よし、わかった。プロレスごっこをしよう!」

「やったー!」

ゆあが飛び上がってよろこぶ。

「じゃあ、ちょっとスペースを作ったほうがいいから、そのテーブルを壁際まで移動させてくれるかな」

「了解しました！」

ゆあがテーブルを壁際に寄せているあいだに、秀介はこっそりズボンの中に手を入れて勃起ペニスの位置を調節した。これでなんとか動けるはずだ。

「よし。じゃあ、やろうか」

秀介が立ち上がると、ゆあがなにかを思い出したように言う。

「そうだ。ちょっと待ってて。すぐ戻ってくるから！」

ゆあは階段を駆け上がっていった。二階の自分の部屋に向かったらしい。

ひょっとして、邪《よこしま》な思いが伝わったのではないかと不安になった。

ゆあはただ単に、本当に男兄弟とじゃれ合ってみたいという思いがあっただけに違いない。

それなのに、その提案をされた兄——血のつながっていない兄が鼻息を荒くしているのを見て、引いてしまったのではないだろうか？

ズボンの中で硬くなっていたペニスが、一気に力を失っていく。

ゆあはもう戻ってこないかもしれないな。そんなことを考えてうなだれていると、階段を駆け下りてくる足音が聞こえた。

「お兄ちゃん、準備ができたよ！」

そう言って、リビングに姿を現したゆあを見て、秀介は文字どおり絶句した。

言葉が出ない。ただ、視線は目まぐるしくゆあの全身を上下左右に動きつづける。

ゆあは紺色のスクール水着姿だった。

基本的には幼児体型だが、それなりに胸のふくらみもあり、ウエストからお尻にかけての曲線はもう女性のそれだ。

「ゆ……ゆあちゃん……その恰好は……」

秀介は呆然と見つめた。プールで見てもそれなりにドキドキするだろうが、リビングという空間にいる様子は、見てはいけないもののような気がする。

「これは試合用のコスチュームだよ。女子プロレスはみんな水着で試合してるでしょ。どうせなら本格的にいきたかったの。お兄ちゃんも上半身は裸になってよ」

そう言われて、脱がないわけにはいかない。もしも拒んだら、ゆあも、自分だけ本気なのは恥ずかしいからと水着の上に服を着てしまうかもしれない。

スクール水着姿の妹とプロレスごっこができるというこの幸運を、みすみす逃がすわけにはいかない。

秀介はTシャツを脱ぎ捨てて、上半身裸になった。筋肉とは無縁の身体だ。痩せているし、そのくせ贅肉がついている。ぷにぷにしていて触り心地がよさそうな身体だなど、友人に言われたことがあった。

だが、ゆあはまぶしそうに目を細め、それでも見たくてたまらないといったふうに、秀介の裸をジロジロと見る。

中一女子の目に自分の身体がどう見えるのか不安だった。その不安を振り払うように、秀介はファイティングポーズをとって言った。

「よし、どこからでもかかってこい」

ゆあも我に返ったようにひとつ咳払いをして、ファイティングポーズをとった。

「じゃあ、いくよ。カーン!」

ゴングの音を口で叫ぶと、ゆあはいきなり秀介の太腿にキックを放った。バチッと大きな音がして、激痛が襲いかかる。

「痛ッ……」

秀介は太腿を押さえて床の上に倒れ込んだ。

「お兄ちゃん、ごめんなさい! そんなに痛がるとは思わなかったの」

ゆあが申し訳なさそうにのぞき込む。秀介は太腿をさすりながら提案した。

「う〜ん。そうだな。プロレスっていうのは、プロがするレスリングだからね。俺たちはアマチュアだから、打撃は控えめにして、レスリング主体でいこうよ。それなら思いっきりきてくれて大丈夫だからさ」

「うん、わかった」

ゆあは前傾姿勢で身構える。秀介もファイティングポーズをとった。ゆあはゆっくりと秀介の周囲をまわりはじめる。

なんだか本格的だ。表情も真剣で、獲物を狙うジャガーのような目をしている。でも、前屈みになっているため、重力で胸のふくらみが強調される。

こうして見ると意外とボリュームがある。しかも動く度に微かに揺れているではないか。

と、そんなことに気を取られていると、ゆあが一気に距離をつめて、秀介の胸の中に飛び込んできた。

正面から秀介の腰に腕をまわして、しっかりとつかむ。

「えい！」

そのまま倒そうとするが、中学生女子と大学生男子なので体格差もあり、秀介はビクともしない。

秀介ががっしりと受け止めると、相撲で言う「がっぷり四つの体勢」になった。

抱き合っているのだが、腰を引いた体勢のため、勃起していることを知られないでラッキーだ。

（ゆあちゃんといつまでもこうしていたいよ～！）

秀介は心の中でそう叫んだが、ゆあは真剣にプロレスをやりつづけるつもりらしい。

「ふん！　う～ん！」

ゆあが声を出しながら力を込める。

そんなのはなんでもないが、ゆあの顔が秀介の肩に置かれているために、髪が頬をさわさわと撫で、吐息が耳の穴をくすぐる。

しかも、胸を合わせる形になっているために、むにむにと乳房が押しつけられ、その弾力とやわらかさに、秀介はうっとりしてしまう。

「はあぁ～んんん」

ゆあがさらに力を込めて、その拍子に変な声をあげた。可愛すぎるし、いやらしすぎる。秀介の身体から一気に力が抜けていく。

その場にへなへなと座り込むと、その上にゆあが覆《おお》い被さってきた。そのままピンフォールの体勢に入る。

「ワン、ツー」

自分で言いながら、ゆあが床を叩く。このままカウントが三つ入ったら、この楽しい時間が終わってしまう。

とっさに秀介はブリッジをするようにして、ゆあをはね除《の》けた。

「ああん、お兄ちゃん、強い～。じゃあ、こういうのはどう？」

ゆあはアームロックを狙ってくるが、見よう見まねなので、そんなのが極《き》まるわけがない。

ただ、上に乗られているので、胸がむにむにと押しつけられるその快感に、秀介は気が遠くなってしまいそうになる。

「ああ～ん、極まらない。じゃあ、今度は腕ひしぎ十字固めだよ」

すばやく身体を移動させると、ゆあは腕ひしぎ十字固めを狙ってきた。本当にプロレスが好きみたいだ。だけど、やはりそう簡単に技は極まらない。

ただ今度は、秀介の腕を股に挟む体勢になっているので、スクール水着に包まれたゆあの股間がグリグリと押しつけられてくる。

「ノー！　ノー！」

秀介は往年の外人レスラーのように大げさに痛がってみせたが、実際は全神経をゆあの股間に触れている腕に集中させていた。

乳房ほどではないが、そこもまたやわらかい。グリグリグリグリと押しつけられるのは気持ちよすぎる。

「あああん……お兄ちゃん……んんん……」

腕ひしぎ十字固めをかけているはずのゆあが苦しみだした。

なんだか変だ。どうやら敏感な部分を秀介の腕に押しつけることにより、感じてしまっているようだ。

苦しげに顔を歪《ゆが》めながらも、ゆあはやめようとはしない。それどころか、さらに強く股間を押しつけてくる。

(ゆ……ゆあちゃん……ひょっとして俺の腕でオナニーをしてるのか?)

もちろん秀介は、ゆあをやめさせたりしない。自分の腕を使って気持ちよくなってくれるなら、どんどん使ってほしいぐらいだ。

秀介は目を閉じて、ゆあの股間が押しつけられている部分に意識を集中した。それだけで秀介も快感に襲われ、ペニスが痛いほどに勃起していく。

「あああん、お兄ちゃん……んんん……」

ゆあが苦しげに声をもらして不意にぐったりと脱力し、押しつけられていた股間が離れた。

(イッたのか? ゆあちゃん、イッちゃったのか?)

プロレスをつづけているふりをして、秀介はすばやくゆいの両脚のあいだから自分の腕を引き抜き、その場に立ち上がった。

「どうした？　ゆあちゃん、攻め疲れたのか？」

いちおう痛そうに腕をさすりながら、あえてオナニーの件には気づかなかったふりをして秀介は訊ねた。

「んん……腕ひしぎ十字固めって、なかなか難しいね。テレビで観てると、簡単に技が極まるんだけど」

身体を起こしたゆあの顔は火照《ほて》り、首筋にも汗が滲《にじ》んでいる。

童顔すぎる可愛い顔に、まるで大人の女のような官能の気配を漂わせている様子は、言葉を失うほどいやらしい。

そのとき、秀介は気がついた。ゆあが着ている濃紺のスクール水着の股間部分の色が変わってしまっているのだ。

おそらくそれは、今の腕ひしぎ十字固めで秀介の腕に押しつけて気持ちよくなり、溢れ出た愛液によるシミに違いない。

しかも、外側まで染み出てくるぐらいだから、かなり大量の愛液が溢れ出ているようだ。

その股間のシミを呆然と見つめていると、ゆあがのっそりと立ち上がり、またファイティングポーズをとった。

「さあ、つづきをしようよ。ファイト！」

レフリーの代わりに、ゆあが秀介にファイトを促《うなが》す。

ふと我に返った秀介は、とっさにゆあに組みついた。

イッたばかりで、動きが緩慢《かんまん》になっているゆあの左足に自分の左足を引っかけて、そのまま背後にまわる。

ゆあの腋の下に自分の身体をねじ込み、首を左腕で抱え込むようにした。コブラツイストのでき上がりだ。

「あああん、お兄ちゃん、すごい……」

技をかけられたゆあが感心したように言う。

「どうだ、ギブアップか？」

ギリギリと締め上げながら訊ねる。もちろん、大して力を込めてはいない。簡単にギブアップしてほしくないからだ。

コブラツイストをかけていると、ゆあの身体との密着度は大変なことになっている。

ゴクリと喉が鳴ってしまった。それをごまかすように、秀介は声を張り上げる。

「どうだ？　ギブアップか？」

「ノー！　ノー！」

ゆあが秀介の真似をして外人レスラーのようにアピールする。

「ギブ？　ギブ？」

何度も訊ねながら、秀介はほどほどの力でゆあの上半身を締め上げる。そうすることで、秀介の股間がゆあのお尻のあたりに強く押しつけられる形になる。

さっきゆあが秀介の腕を使ってオナニーをしていたが、それの逆バージョンだ。

弾力のあるヒップに硬く勃起したペニスをグリグリと押しつけると、強烈な快感が襲ってくる。

もちろん、ゆあも自分のお尻になにが押しつけられているか気づいているはずだ。

でも、もうかまわない。

秀介は自分の欲望を抑えることはできなかった。

ただ、あくまでもプロレスごっこの体裁《ていさい》だけは守りつづける。それは、ゆあが自分の妹だからだ。

「どうだ？　ギブアップか？」

「ノー！　ノー！」

ゆあは必死に頭を振る。

ふと見ると、汗が滲んだゆあの顔がすぐ近くにある。しかも、上半身を締め上げると、スクール水着の胸元に乳房の谷間が微かに確認できてしまうのだ。

おまけに汗をかいたためか、立ち上るゆあの体臭が鼻孔《びこう》を刺激し、興奮のあまり、ペニスが痛いほどに勃起していく。

そして、高ぶった性欲が、秀介にいたずらを思いつかせる。

「ほら、ゆあちゃん、早くギブアップしないと、全身の骨が折れちゃうかもしれないよ」

コブラツイストをかけたまま、秀介はゆあの耳に息を吹きかけた。

「アハハハハ……お兄ちゃん、それ、反則だよ～」

ゆあが笑いながら非難の声をあげる。

「反則は5カウントまでOKなんだよ。ほら、これでどうだ？」

ふざけているふりをしながら、秀介はゆあの耳の穴に舌をねじ込む。半分以上、セクハラ、もしくは痴漢行為だ。

ゆあはケラケラ笑いながら身体をよじっていたが、その笑い声も徐々に消えていく。

代わりに、ゆあの口からこぼれ出るのは喘《あえ》ぎ声だ。

「あああん……だ……ダメ～……あああん……」

ゆあが身体をよじって、悩ましい声で喘ぐ。

もうセックスの最中としか思えない声だ。興奮のあまり、秀介の行為はエスカレートしていく。

耳たぶをしゃぶりながら、コブラツイストの締めつけをきつくしているふりをしながら、腕で乳房をむにゅむにゅと刺激する。

「ああん……ダメぇぇ……」

ゆあが腰が抜けたようにその場にしゃがみ込む。その重さを支えきれずに、秀介も床の上に倒れ込んだ。

それでもコブラツイストは外さない。グラウンドコブラに移行しただけだ。

だが、寝転んで身体を密着させることで、よけいにセックスっぽくなってしまった。

ゆあのお尻に押しつけた腰が無意識に動きはじめる。

「うう……ゆあちゃん……んんん……」

秀介は鼻息を荒くしながら、へこへこと股間をこすりつけつづける。

「あああん、ダメだよ、お兄ちゃん。それ……あああん、変な感じぃ……」

ゆあの悩ましい声を耳元で聞きながら、秀介は自分の身体が限界を超えてしまうのを感じた。

「うっ……ダメだ、ゆあちゃん……んんん！　あっううう！」

ペニスが脈動し、身体の奥から熱い液体が噴き出すのを感じた。ジーンズの内側、ボクサーブリーフの中に、ドピュン！　ドピュン！　と断続的に噴き出す。

そして、身体の中で暴れていた分をすべて放出してしまうと、いきなり賢者タイムがやってきた。

「あっ、ごめん」

秀介は慌ててグラウンドコブラを解除し、ゆあから飛び退《の》くように離れた。ゆあはぐったりと床の上に横たわり、苦しげな呼吸を繰り返している。

そして、ごろんと寝返りを打つようにしてこちらを向くと、火照った顔で、濡れた唇をなまめかしく動かして言うのだった。

「お兄ちゃん、強すぎぃ。でも、ゆあはギブアップはしてないからね。すごく楽しかったから、またプロレスごっこしようね」

ゆあは秀介が射精したことを気づいていないようだ。

それもそうだ。ゆあはまだ中学一年生なのだ。

秀介が勝手にセックスをイメージしていたが、まだ子供であるゆあにとっては、単なるプロレスごっこでしかないのだ。心配することはなにもない。

「うん、そうだね。また今度、勝負しよう。僕はいつ何時《なんどき》、誰の挑戦でも受けるからさ」

「次は絶対負けないよ。あ〜あ、汗びっしょりになっちゃったからシャワーを浴びてくるね」

そう言って立ち上がったゆあのスクール水着の股間に、秀介の目が引き寄せられた。

さっきまでは小さなシミ程度だったのが、今はまるで小便をもらしたようにぐっしょりと濡れていた。

エロすぎる！　秀介は慌てて視線を逸らして、平静を装いながら言った。

「そうだね。風邪引かないようにな。でも、僕もそのあとでシャワーを浴びるから、早めに出てくれよな」

なにしろ、こちらは下着の中が精液まみれなのだ。本当ならすぐにでも洗いたかったが、妹優先だ。

風呂場へ向かうゆあの後ろ姿を見ながら、秀介は不意に罪悪感が込み上げてくるのを感じた。

ゆあはまだ子供だからいいけど、今のプロレスごっこをひめかに見られていたら、きっと大騒ぎになっていたはずだ。気をつけないと……。

第二章　秘蜜のメイドオナニー

1

目の前がいきなり明るくなって、秀介は腕で目を覆った。そして、自分がリビングのソファで眠ってしまっていたことに気がついた。

プロレスごっこをしたあと、ゆあがシャワーを浴びに行った。まさかいっしょに浴びるわけにはいかずに、順番を待っているうちにソファで眠ってしまったようだ。

ゆあとのプロレスごっこは、久しぶりに運動らしい運動をしたという感じだ。それに大量に射精して、身体が心地よく疲れていた。

そのため、何気なくソファに横になったとたん、眠りに落ちてしまったらしい。

だが、秀介の身体にはタオルケットがかけられていた。ゆあがかけてくれたのだろう。おそらく秀介を起こそうとがんばったけど、ぐっすり眠っていたからあきらめたに違いない。

そして、明かりも消して、ゆあも眠るために自分の部屋に戻ってしまった。

でも、誰かが今、明かりをつけた……。

リビングはかなり広くて大広間といった感じのため、照明はふたつ取り付けられていて、半分ずつ点灯することができるようになっていた。

そして今、明かりがつけられたのは、秀介がいるテレビとソファのあるあたりとは反対側だ。そのため、秀介のまわりは薄暗いままだ。

その明かりをつけたのは……。

薄闇の中から人の気配がするほうに視線を向けると、リビングの奥にひめかが立っているのが見えた。

その前には壁一面の大きな鏡がある。ふだんは木製の扉を閉じてあるのだが、横に引き開けると、まるでダンススタジオのような壁一面の鏡が現れるのだ。

それはこの家を建てるときに、当時フラメンコを習っていた母が練習のためにと備え付けたものだった。

母が亡くなってからは、ほとんど開くことはなかった。その存在を忘れていたぐらいだが、大きな鏡があることを知った妹たちには大好評で、暇があるとファンションショーを始めるのだった。

今もひめかは、自分の姿を映して次々にポーズを変えていく。

ひめかはいつものメイド服姿だ。黒いワンピースに白いエプロン。最初は奇妙に思えたその服装も、今ではごく普通の部屋着に見える。

控えめで従順《じゅうじゅん》な印象のあるひめかなので、メイドというキャラがしっくりくるのだ。

と思っていると、ひめかは胸元のリボンをほどき、エプロンを外しはじめた。

(えっ……。まさかここで着替えるのか?)

さっきまでリビングの明かりは消されていた。だから、ひめかは秀介の存在に気づいていないらしい。

(どうする? 早く止めないと大変なことになってしまうぞ。でも、こんなチャンスは二度とないし……ああ、どうしたらいいんだ?)

秀介が頭を混乱させているうちに、ひめかはワンピースのボタンを外しはじめ、無造作にそれを脱ぎ捨てた。

ピンク色のブラジャーと同色のパンティだけという姿だ。

ゆあに比べれば、すらりと背が高く、大人の女性という感じの体つきだ。しかも、全体的にはスレンダーなのに胸だけは大きいと、ある意味、理想的な女体だ。

あのメイド服の下に、こんなナイスバディが隠されていたのかと、秀介は夢中になって目を凝《こ》らしつづけた。

もうこの状況で声をかけたら、「着替えを覗いてたのね!」と悲鳴をあげられてしまうかもしれない。アクシデントのようなものだと主張しても、信じてもらえるかどうか……。

それに、声をかけるタイミングは何度もあったのに、ひめかの着替えを見てみたいという思いが邪魔したのは確かだ。

結局、秀介はソファに横になったまま、タオルケットを鼻のあたりまで引っ張り上げた。

もしもひめかに気づかれても、寝ているふりをしつづけることに決めたのだ。

ただし、目はらんらんと輝き、数メートル先にいる妹の下着姿を凝視《ぎょうし》しつづけていた。

視力が両目とも二・〇であることを、今ほど神様に感謝したことはない。

ひめかは贅肉などまったくないような体つきだ。それでも気になる箇所があるらしく、脇腹をつまんだり、二の腕をつまんだりして、鏡の前で角度を変えて自分の肉体を確認している。

と思うと、今度は背中に腕をまわしてブラジャーのホックを外した。サイズが合っていなかったのか、それとも最近急激に成長したのか、カップが勢いよく跳ね上げられ、やわらかそうな乳房がぷるるんと揺れるのが鏡に映った。

秀介に見られていることに気づいていないひめかは、ブラジャーを無造作に腕から引き抜くと、それを脱いだメイド服の上に置き、乳房に下から両手を添えるようにして持ち上げてみせる。

たぷんたぷんと乳房が揺れる様子が、はっきりと鏡に映っている。釣り鐘型のかなりの美乳だ。

ひめかは大きさと形を入念に確認している。やはり子供から大人の女へと変わっていく自分の身体が気になる年頃なのだろう。

と思っていると、今度はおもむろにパンティを脱ぎ下ろした。両足を交互に上げて引き抜くと、それもまたブラジャーの上に置いた。

そして背筋を伸ばし、鏡の前で角度を変えて自分の身体を確認する。小ぶりなヒップはキュッと引き締まっていて、いかにも今風の若い女の子の体つきだ。

それらの行為は、すべて明るい照明の下《もと》で行われているのだ。

秀介は必死に目を凝らした。だが、肝心な場所が見えない。そう。股間の茂みが見えないのだ。そこはただの肌色で……とそのとき、ふと気がついた。

生えていないのだ！　そう、ひめかの股間はツルツルなのだ！

幼いゆあはまだ生えていないだろうと思っていたが、女性っぽいひめかはもう生えているると決めつけていた。

だが、そこはまだ少女の……いや、幼女のそれなのだ。

いけないものを見てしまったような気がして秀介は慌てて目を閉じたが、数秒後には、また目を開けてしまう。

このチャンスに、もっと見ないでいられないのだ。

だが、残念なことに、すでにひめかは服を着はじめていた。ただそれは、さっきのメイド服ではない。

どうやら、ひめかは新しく通販で購入したメイド服を試着してみようと、この大きな鏡の前に来たらしい。

それならなぜ、わざわざ下着を脱いだのか？　今も下着は脱いだままだ。いったいどうして？

そんな疑問を頭の中に渦巻《うず》かせながら、じっと見つめていると、新しいメイド服が少し普通ではないことに気がついた。

そのメイド服は胸のところに大きな穴がふたつ空いていて、そこから乳房が剝き出しになっている。

その上からエプロンを身に着けるのだが、それはどうやらシースルーのようだ。しかもスカート丈がかなり短い。お尻が少し見えてしまう。

いや、お尻だけではない。ひめかがくるりとターンすると、無毛の股間もチラリと見えてしまうのだった。

まともなメイド服とは思えない。それをひめかが身に着けている……その姿は、とんでもないいやらしさだった。

その卑猥なメイド服を身に着けたひめかは、鏡の前に立ち、恥ずかしそうに顔を赤らめてみせた。

そして、ダメだ、といったふうに首を振り、そのメイド服を脱ごうとして、その手が止まる。

と思うと、シースルーのエプロンの上から両手で乳房をつかみ、優しく揉みはじめた。

一瞬、なにをしているのかわからなかったが、次の瞬間、ひめかの片手が股間に移動し、秀介は確信した。

(ひめかちゃんはオナニーをしてるんだ!)

そう心の中で叫んだ瞬間、ひめかは形のいい小さな顎を突き上げるようにして、「あん」と可愛らしい声をもらした。

そして、まるで小便を我慢しているように内腿を閉じて、若干突き出し気味のお尻をクネクネと動かしてみせる。

スカートの下にはなにも穿いていないのだ。ひめかの指は直接割れ目に食い込んでいるはずだ。

ソファに横になったまま、秀介は目を凝らしつづけた。

まさか、中二のひめかがオナニーをしているなんて……まだまだ性的なことには無関心な年頃だと思っていた。

ただただ可愛い服装——メイド服に憧れるだけの少女だと思っていたのだ。

その妹に性欲があったということに秀介は驚き、そして興奮していった。

気がつくと、ズボンの中でペニスがムクムクと勃起していく。

数時間前にゆあとプロレスごっこをして、下着の中に大量に射精してそのままだ。すっかり乾いていた精液がぺりぺりと剝がれ落ちる感覚があった。

そんな秀介を挑発するように、ひめかの喘ぎ声がリビングに控えめに響く。

「ああん……はああん……」

指の動きが気持ちいいのか、ひめかは立っていることもできなくなり、その場に膝をついた。

「あぁぁ……お兄様……はあぁん……」

ひめかの口からもれたつぶやきに、秀介は思わず息を呑んだ。

（ひょっとして、今の「お兄様」って俺のことか？）

他のお兄様のことかもしれないと思ったが、そうそうお兄様はいないはずだ。それなら自分のことだと考えるのが妥当《だとう》だ。

ということは、ひめかは秀介のことを考えながらオナニーをしている……？

指先にぬるりとした感触があった気がして、ハッとして自分の指を見つめた。もちろんそれは乾いている。

だが、今、ひめかの陰部をクチュクチュと掻きまわしているのが自分の指だと思うと、確かに感じるのだ。温かくて、ヌルヌルしている粘膜を……。

「あっあああん……」

敏感な部分を指先が滑り抜けたのか、ひめかはピクンと身体を震わせて、膝立ちになっていることもきついといったふうに、左手を床についた。

そして、股のあいだからまわした手で、陰部をぬるりぬるりと撫でつづける。

秀介の位置からだと、ミニスカートがめくれ上がり、可愛らしいお尻の穴が丸見えになっている。

しかもそれは、指の動きに合わせてヒクヒクと動いているのだ。

それだけではなく、うっとりと目を閉じて半開きの唇をときおりぺろりと舐めるひめかの顔が鏡に映っている。

お尻と顔を同時に眺めることができる、最高のシチュエーションだ。

(ひめかちゃん……なんてエロいんだ……うう……たまらないよ)

無意識のうちに身体を乗り出させようとしていて、タオルケットがソファからぱさりと落ちてしまった。

「え？」

ひめかが短く声をもらし、指の動きが止まった。

気づかれたかもしれない！

慌てて眠っているふりをしたが、もしもオナニー現場を覗き見していたことを知られたら、いっぺんで嫌われてしまうと不安になった。

時間がおそろしく長く感じられた。このままひめかが自分の部屋に戻ってくれたらいいのに……と思いながら、秀介は目を閉じつづけた。

すると、またひめかの切なげな声が聞こえてきた。

慎重に薄目を開けてそちらを窺《うかが》うと、ひめかはさっきの四つん這いポーズのまま、また陰部を指でいじっていた。

(どうして？　俺がいることに気づいたんじゃないのか？)

混乱しながらも、秀介はやはり妹の痴態を見ずにはいられない。

指先がクリトリスのあたりを小刻みに動き、それに合わせてお尻の穴がヒクヒクうごめく。

「あああ……お兄様……気持ちいい……あああああ……」

ひめかがまた「お兄様」と言った。リビングの奥に秀介がいることに気づきながらも、ひめかはわざと見せつけるようにしてオナニーをしているのだ。

ただ見ているだけなんて、もう我慢できない。

秀介は音を立てないように気をつけてズボンの中に手を入れ、すでにカチカチに勃起しているペニスを握りしめた。

そして目を凝らして、ひめかの陰部と鏡に映った切なげな顔を見つめながら、その手を動かしはじめた。

(ううっ……気持ちいい……)

ふだんするオナニーとは段違いの気持ちよさだ。

秀介が手の動きを激しくしていくと、まるでそれが自分の陰部を擦っているとでもいうように、ひめかが悩ましい喘ぎ声をもらす。

「はあぁぁ……あああん……」

さすがに指を入れるのは怖いのか、ひめかは割れ目をなぞり、クリトリスをくすぐるように刺激するだけだ。

それでも充分すぎる快感に襲われるのだろう。ひめかの指の動きは徐々に激しくなり、喘ぎ声がもれつづける。

もっと近くから見たい。いや、直接触りたい。いいや、なんならこの硬くなったモノでひめかを刺し貫きたい。

そんな思いが、ペニスを握りしめる手の握力を強める。そして快感をより強烈にする。

「あぁ……お兄様……んんん……はっあああん……はあぁ……あああん……」

ひめかの呼吸が徐々に小刻みになっていく。エクスタシーの瞬間が近いことがわかる。

こんな可憐《かれん》な少女が、自分の陰部をこねまわしてイキそうになっているのだ。

その卑猥すぎる状況に、秀介の身体の奥から射精の予感が込み上げてくる。

(ああ、もう……もうイキそうだよ、ひめかちゃん……おおおおお……で……出る！ううう！)

「あああ……お兄様……あああっ……ひめか、もうダメ……あっはあああん」

下着の中に秀介が熱い精を放った瞬間、ひめかがビクンと身体を震わせ、床の上に倒れ込んだ。

そして、剝き出しのお尻をヒクヒクと震わせつづけた。

しばらく時間が止まった。

(ああ、なんてことを……妹のオナニーを覗き見しながら自分もオナニーをするなんて、俺は本当に最低な兄貴だ)

射精して賢者タイムが訪れると、秀介は罪の意識に押しつぶされそうになった。だが、秀介にできることは、眠っているふりをつづけることだけだ。

目を閉じていると、ひめかが近づいてくる気配がした。でも、秀介は目を開けることはできない。

身体にタオルケットがかけられ、軽くポンポンと胸のあたりを叩かれた。そして、ひめかがリビングから出ていく気配……。

目を開けると、鏡の扉は閉じられていて、脱ぎ捨てられたメイド服と下着類も消えていた。

すべてがソファでうたた寝していたあいだに見た夢のように感じられたが、秀介の下着の中は、射精二回分の精液でドロドロになっていた。

2

それまでは義理の兄として立派に振る舞おうと努力していた秀介だったが、ゆあとのプロイスごっこで射精し、ひめかのオナニーを覗き見て射精してしまってからは、もう湧き上がる性欲を抑えきれなくなっていた。

しかも、両親は海外出張で家にいない。一軒家に自分と可愛い中学生のふたりの妹の三人だけなのだ。

そして、ゆあはプロレスごっこと称して秀介と身体を密着させ、あろうことか股間を脚にこすりつけてイッてしまったし、ひめかに至っては「お兄様」とつぶやき声をもらしながらオナニーでイッてしまっていた。

ただ、妹たちの好意は、自分の気のせいなのではないのかという思いをぬぐい去ることはできなかった。

なにしろ、秀介は決してモテるタイプではない。中学三年間で女子と言葉を交わしたのは、「このプリント、後ろにまわして」と言われて「うん」と返事をしたことがある程度だ。

こんな可愛い、おそらくクラスで一番人気の美少女中学生姉妹に好意を持たれる、しかも性的な好意を持たれるなど、ありえないことのように思えるのだ。

結局、疑心暗鬼《ぎしんあんき》を拭《ぬぐ》えずに、その次の日はあえて夕食の時間もずらして、「レポートを書かなきゃいけないから」と自分の部屋に閉じこもっていた。

でも、もちろんレポートになど集中できるわけがない。秀介の意識はドアの外、同じ二階に部屋がある、ゆあとひめかの気配にばかり意識が向いてしまうのだった。

「お姉ちゃん、ちょっといい？」

ゆあの声が微かに聞こえ、すぐにドアが開く音がした。

「なに？　どうしたの？」

と、ひめかの声が応える。

「話したいことがあるの。中に入ってもいい？」

「うん、いいよ」

そんなやりとりのあとに、ドアが閉まる音がした。

改《あらた》まって、いったいなんの話をするつもりなのか？　気になって仕方ない。秀介は自分の部屋のドアをそーっと開けて、廊下に顔を出した。

微かに話し声が聞こえるが、内容まではわからない。そのままやりすごすことはできない。気になって、他のことなど手につきそうもない。

秀介は足音を忍ばせてひめかの部屋の前まで行き、ドアに耳を押しつけて、中の音に聞き耳を立てた。

「え？　お兄様が？」

ひめかの声。自分のことが話題にされていると知って、秀介は胃がキューッと縮み上がる。

「そうなの。昨夜、お兄ちゃんとプロレスをしたんだけど、そのとき、お兄ちゃんのオチ×チンが硬くなってたの。それだけじゃなくてね、お兄ちゃんがゆあにコブラッイストをかけたときに、お兄ちゃんのオチ×チンがゆあのお尻にグリグリ押しつけられる形になっちゃって、そのときお兄ちゃんはたぶん……」

ゆあが言い淀《よど》み、ひめかがつづきを催促する。

「なによ。お兄様がどうしたの？」

「……射精？　したみたいなんだ。ズボンを穿いたままだったから確証はないけど、『うっ』なんて呻《うめ》いて、身体をピクピクさせてたもん」

やはりバレていた……兄から性的な目で見られていたことで傷つき、そのことを、ひめかに相談しようということのようだ。

ゆあが積極的に挑発してきたように感じていたが、あれはただ兄ができたことが、うれしくてじゃれついてきていただけだったのだ。

それなのに、勝手に盛り上がり、興奮して、とんでもないことをしてしまった……。

両親にもこのことが伝わり、勘当《かんどう》され、路頭に迷い、それから……それから……。

とにかくもう自分は破滅だ。

秀介が絶望の淵に沈みそうになったとき、ひめかが躊躇《ためら》いがちに言葉を発した。

「そう……昨夜、そんなことがあったのね。たぶんそのあとだと思うけど、ひめかもお兄様と……」

そして、今度はひめかが言い淀む。

「どうしたの？　お姉ちゃんもなにかあったの？」

「う……うん、まあ……実はね」

（やめてくれ！　もうなにも話さないでくれ！）

ドアに耳を押しつけたまま秀介が心の中で叫んだが、声に出さない言葉はもちろんひめかには届かない。

「ひめか、リビングの大鏡の前で、新しく届いたメイド服の試着をしてたの。でも、そのとき、お兄様はソファで寝てたみたいなんだけど、明かりも消えてたし、ひめかは気づかなくて……」

「え？　じゃあ、お兄ちゃんに着替えを覗かれたの？」

「うん。そう。でも、それだけじゃなくてね。ひめかを見ながらオナニーを始めちゃって。寝たふりをつづけながらだったけど、気配は感じるじゃない？　ソファがギシギシ鳴ってたし。で、最後は『うっ』って呻いて……」

やっぱり気づいていたのか……。

自分がオナニーをしていたことは伏せていたが、それでも兄から性的な目で見られていたことは充分に傷つくことだったらしい。

やばい……すごくやばいことになってしまった……。

秀介は絶望に沈みながらも、盗み聞きをやめることはできなかった。ふたりがこのあと、自分をどれだけ口汚く罵《ののし》るか……不安に思いながらも、秀介は聞き耳を立てつづけた。

「で、ゆあちゃんはどうだったの？」

「うん。すごく興奮しちゃった。お兄ちゃんの股間がずっとお尻に当たってて、射精する瞬間のドクドクッてした感じもはっきり伝わってきたんだもん。身体がカーッて熱くなっちゃったよ」

「ええ〜。いいなあ。お兄様のオチ×チンの硬さと射精のドクドクを味わったんだね。ひめかはだいぶ離れてたから、気配を感じるだけだったもの。ただ、お兄様の熱い視線は恥ずかしい場所でいっぱい感じちゃったけど」

ふたりはクスクス笑い合う。

（ひょっとして、いやがってるわけじゃないのか？）

男子が猥談をするのと同じように、女子もやはり男に興味があるものらしい。では、自分の罪はすべて許されるのだろうか？

「でね。ゆあはまたお兄ちゃんを挑発して、処女を奪ってもらっちゃおうかなって思ってるの」

「ダメだよ。まだ中一なのに、早いよ」

「そんなことないよ。クラスでも早い子はもう経験しちゃってるんだから」

「そうなんだ。でも、それなら、ひめかのほうが先に経験してもいいんじゃない？だって中二なんだもの」

「う～ん。でも、ゆあが先！　ケーキだって、エッチだって、年上の子は下の子に譲らなきゃダメなんだよ」

「また、そんなことを言う。ほんとに末っ子ってわがままでいやになるわ」

「へへへ。ごめんね」

「まあ、いいわ。じゃあ、応援しちゃおうかな。でも、ゆあちゃんが経験したら、ひめかも経験したいから応援してね」

「うん。わかった。でね、こういうはどうかなって考えてるんだけど……」

そのあと、ふたりは声を潜《ひそ》めはじめた。

まさか秀介が盗み聞きしているとは思っていないようだが、普通のトーンで話すには卑猥すぎる内容だったのかもしれない。

これ以上、盗み聞きしていたら、いつドアを開けてゆあが出てくるかわからない。

秀介は物音をたてないように気をつけて自分の部屋へ戻った。

そして、混乱した頭を整理した。だがそれは、信じられない内容だった。

本当にゆあが誘惑してくるのだろうか？　そのとき、自分はどうすればいいのか？

よろこんで妹の処女を奪えばいいのか？　そんなことをして大丈夫なのか？

いろんな考えが頭の中で渦巻くが、身体は素直に反応していく。

すでに股間は大きくテントを張り、「いつでもＯＫだぞ」と臨戦態勢を取っているのだった。

第三章　小悪魔幼女とお風呂タイム

1

ゆあとひめかの本心を盗み聞きした翌日、朝はふたりともバタバタと家を飛び出していったので、ほとんど言葉を交わすこともできなかった。

その分、夕飯には精の付く物を揃《そろ》えたご馳走を作ったら、ふたりは「なんだかすごいご馳走だね」「今日は豪勢ですね」とよろこんで、いっぱい食べてくれた。

そのあと、順番に風呂に入って、ふたりは自分の部屋に戻ってしまった。

（風呂に入って身体の隅々まできれいに洗ったから準備ＯＫだぞ。さあ、ゆあちゃん、いつでも来いよ。ひめかちゃんでもいいぞ。さあ……さあ……）

秀介はリビングで待ちつづけたが、なにも起こらない。

ひょっとして昨日のことは、秀介が盗み聞きをしていることに気づいていて、二人で共謀《きょうぼう》してからかってみただけなのかもしれないという気がしてきた。

そうなると猛《たけ》り立っていたイチモツも、一気に萎《しぼ》んでいく。

（まあ、そうだよな。人生なんてそんなもんだ。今までモテた経験もなかったのに、いったいなにを勘違いしたんだか？　俺があんな可愛い女子中学生に誘惑されるわけないじゃないか……）

久しぶりに落ち込んで秀介は自分の部屋に戻り、ベッドに俯せに倒れ込んだ。そして、そのまま眠ってしまった。

起きると、もう窓の外は明るくなっていた。

「やべ。朝食作ってないよ」

ゆあとひめかの分の朝食を作るのも秀介の役割だ。

慌てて一階に下りると、すでに自分たちでなんとか朝食を作って食べたようで、洗ったお皿とマグカップが食器かごに伏せて置いてあった。

「まあ、俺なんか必要ないか」

ふて腐れた思いを抱きながらダイニングチェアに腰掛けた秀介は、テーブルの上にメモ書きが置いてあることに気がついた。

『今夜は前のパパの家に泊まるので、晩ご飯はいりません。ゆあ&ひめか』

「ああ、そうか」

月に一度、離婚した父親の家に泊まりに行くと言っていた。今日は金曜日なので、学校帰りにそのまま行って泊まるのだろう。

つまり、誘惑云々《うんぬん》の話はフェードアウトということだ。

結局、なにも変わりはしない。モテない男の日常はこういうもんだ。心はいやになるぐらい穏やかだった。

秀介は大学へ行く準備を始めた。

2

一度ケチがつきはじめると、秀介の気持ちはもうずっと落ち込んだままだった。

学校のあと、ひとりで映画を観に行ったが、久しぶりに外れを引いてしまった。ダメなときは、とことんダメだ。

帰ってきたときは身も心も疲れていた。とりあえず、お湯に浸かってまったりしたい。秀介は風呂に入ることにした。

熱いお湯に顎まで浸かっていると、いろんなことがどうでもよくなっていった。

もともとひとりっ子だったのだ。妹たちがいない世界軸で生活していた。この味気ない暮らしが現実なのだ。それを受け入れて生きていこう……。

そんなことをぼんやり考えていると、脱衣所のドアを開けて誰かが入ってくるのが曇りガラス越しに見えた。

一瞬、心霊的なことを考えてひやっとしたが、そのシルエットには見覚えがあった。

(……ゆあちゃん?)

小柄でショートカット。着ている服の色にも見覚えがある。

どうして? 離婚した父親のところに泊まるはずなのに……と思っていると、ゆあは服を脱ぎはじめた。

どうやら秀介が入っていることに気がついていないようだ。無造作に服を脱いでいき、すぐに全裸になった。

その肌色のシルエットが曇りガラスのほうに近づいてくる。

(ちょ……ちょっと待って。俺が入ってるよ!)

そう声をかけようと思ったが声が出ない。と、次の瞬間、ガラス扉が開けられた。

そこには思っていたとおり、全裸のゆあが立っていた。

明るい照明の下、すべてが丸見えだ。

秀介の視線は、すばやくゆあの全身を移動した。

決して巨乳ではないが、形のいい丸い乳房。若干幼児体型気味のお腹。そこに穿《うが》たれた縦長のヘソ。

そして、陰毛がまったく生えていない股間。正面から見ても、割れ目がはっきりとわかる。

一瞬でそれだけ確認すると、秀介は慌てて視線を逸らした。

「あ、お兄ちゃん、お風呂に入ってたんだね」

特に驚いた様子もなく、ゆあが全裸のまま風呂場に入ってくる。

まるで小さな子供が、兄弟がお風呂に入っているところにいっしょに入ろうとやってきたかのような自然さだ。

「う、うん。ゆあちゃんは前のパパのところに泊まるんじゃなかったの？」

秀介は顔を背《そむ》けながらも、妹の裸にチラチラと視線を向けてしまう。

「そのつもりだったんだけど、明日、朝から友だちと遊びに行く約束をしてたのを思い出したの。向こうの家からだとかなり朝早くに出なくちゃいけなくなるから、ゆあだけ今日のうちに帰ることにしたんだ。お姉ちゃんは泊まりだから、パパも寂しくないだろうしね」

そんなことを話しながらかけ湯をすると、ゆあはお湯に入ってくる。

湯船のへりを跨ぐとき、ゆあが大きく股を開く。とっさに目と閉じたが、誘惑に負けてすぐに薄目を開けてしまった。

その瞬間、ゆあの割れ目がはっきりと見えた。

「ううっ……」

ビクン！とペニスが震えた。お湯の中で、もう完全勃起状態だ。

さりげなく手で隠したが、ゆあはそんなことは気にしてない様子で、秀介に背中を向ける体勢でお湯の中に入ってくる。

お尻の割れ目がすぐ目の前にある。それは適度な丸みで、張りがあって、すごく可愛らしい。

「う〜ん、熱い……お兄ちゃん、よくこんな熱いお湯に入ってるね。なんか大人って感じ」

浴槽は、ふたりで入るには少し狭い。

「お兄ちゃん、この手、邪魔。どけてよ」

股間を隠していた秀介の腕をつかんで、どけさせて、そこに身体を沈めてくる。

ゆあの背中が秀介の胸に密着する。すると当然、股間がゆあのお尻から腰のあたりに押しつけられることに……。


（あっ、ダメだよ、ゆあちゃん……）


勃起したペニスにゆあのお尻がグリグリと押しつけられ、強烈な快感が秀介を襲う。

ゆあも当然、自分のお尻になにが当たっているのかはわかっているはずなのに、特に身体を離そうとしない。

それどころか、クネクネと腰をくねらせるようにして、ペニスを刺激してくるのだった。


一昨日の夜のあの会話は本気だったのだ。秀介を誘惑して処女を奪ってもらうと、ゆあはひめかに宣言していた。

あれは盗み聞きしている秀介に気づいていて、からかってみただけだと思いそうになっていたが、本当のことだったようだ。秀介はそう確信した。

だからといって、どうすればいいのか……？　相手は義理の妹で、まだ中学一年生なのだから……。

秀介が迷っていると、いきなりゆあが立ち上がった。すぐ目の前にお尻が揺れる。

「ああんっ、もうダメ。熱すぎるぅ」

ゆあがお湯の中から飛び出して、洗い場のマットの上に座り込んだ。本当に熱かったらしく、白い肌が真っ赤になっている。

「お兄ちゃん、こんなに熱いお湯は、いくらなんでも身体に悪いよ。さあ、もう出て。身体を洗ってあげる」

ゆあが真っ赤になった小ぶりの乳房を揺らしながら、秀介の手をつかんで引っ張る。

「い、いや、いいよ。そんなの」

「いつもご飯を作ってくれてるお礼だから、遠慮しないでいいよ。ねえ、お兄ちゃん、早く出て」

ペニスがすごいことになっているのだ。それを妹に見せるわけにはいかない。

だけど、確かにお湯は熱すぎて、これ以上入りつづけるのは厳しい状況だった。

秀介は湯船の中から必死に手を伸ばしてタオルをつかむと、それで股間を隠しながらお湯から出て、すばやくゆあに背中を向けて洗い場に座り込んだ。

「じゃあ、背中だけお願いしようかな」

ゆあの裸を見たい思いもあったが、まぶしすぎて直視できない。それに、欲情がぎっしり詰まった自分の股間も見られたくなかった。

「お兄ちゃん、タオルを貸して。洗ってあげるんだから」

ゆあが背後から手をまわしてタオルを奪おうとする。

「いや、ダメだよ、これは」

必死に抵抗していると、ゆあが大きくため息をついた。

「わかったよ。しょうがないなあ」

背中になにかが触れた。ぬるりと滑る。

それはボディソープをつけたゆあの手だと気づいた瞬間、秀介は変な声をもらしてしまった。

「はふぅ……ううう……」

「お兄ちゃん、どうしたの？　くすぐったい？　でもね、タオルで洗うよりも、手のひらで洗うほうがお肌にはいいんだって」

ゆあは秀介の背中を優しく撫でまわす。

それは初めて経験する快感だった。ついうっとりしてしまう。

背中をぬるりぬるりと滑り抜けるゆあの手は、肩口からお尻のほうまで、まるで秀介の肉体を品定めするかのように隈《くま》無く撫でまわしつづける。

そして、背中をすべて洗ってしまうと今度は、ゆあの手はいきなり秀介の腋の下に滑り込んできた。

「うっ……、や、やめろよ。くすぐったいじゃないか」

ゾクッとするような快感に身をよじり、秀介は抗議の声をあげた。だが、ゆあはまったく気にする様子はない。

「別にいたずらしてるわけじゃないよ。腋の下もきれいにしとかないといけないからね。お兄ちゃんはこんなところに毛が生えてるし」

「ああう、だ、ダメだって」

ギュッときつく脇を締めたが、ボディソープの力を借りて、ゆあの手がぬるりぬるりと滑り抜ける。

そして、その手が秀介の胸を撫でまわしはじめた。

女性でなくても、胸、特に乳首は気持ちいいものだ。そのことをわかっているのか、ゆあの手が秀介の乳首の上をぬるりぬるりと滑り抜ける。

「あれ？　お兄ちゃんの乳首、硬くなってきたよ」

「ば、馬鹿なことを言うなよ」

「本当だもん。ゆあもね、気持ちいいと乳首が硬くなるんだよ」

無邪気な口調で言う。

「そ……そうなんだ」

頭の中でゆあの乳首が硬くなっていく様子を想像してしまった。気がつくと、秀介の胸を撫でまわしていたゆあの手が消えていた。

チラッと後ろを振り返ると、ゆあが泡まみれの手で自分の胸を撫でまわしていた。慌ててまた前を向いた秀介に、ゆあが言う。

「うん。だいぶ硬くなってきたよ。ほら」

背後からゆあが抱きついてきた。やわらかな乳房がむにゅむにゅと押しつけられる。その中に硬いものがふたつ、はっきりと感じられた。

(これ……ゆあちゃんの乳首なのか？　しかも、勃起した乳首……ううぅっ……)

股間に置いたタオルがはね除けられる勢いで、ペニスがビクンと脈動した。

「お兄ちゃん、どう？　手で洗うより気持ちいいでしょ？　ゆあも気持ちよくて、乳首がどんどん硬くなっていくよ」

秀介は妹に背中を向けたまま、膝の上に置いた手をギュッと握りしめた。

(こ……これは……ボディ洗い……またの名を泡踊り……しかも、こんな可愛い女子中学生の泡踊り……ああ、ダメだ。もう理性が吹っ飛んでしまうよ。一昨日の夜、ゆあがひめかに話していたことは本気だったんだ。ゆあちゃんは俺に処女を奪ってもらいたがっているんだ。これはもう間違いない。ここでもしも俺がその気になっても、誰も責めることはできないはずだ。ああ、ゆあちゃん……可愛い妹よ!)

「ゆ、ゆあちゃん!」

秀介が大きな声を出したものだから、ゆあが驚いて身体を離した。すばやく身体の向きを変えて、ゆあと向き合う。

股間に置いたタオルが大きくテントを張っているが、そんなのはもう気にしない。気にしないどころか、その大きさは、こういう場合は自分の気持ちがどれほど高まっているかというアピールにもなる。

「ど……どうしたの?」

ゆあが怯えている……初体験に憧れはあっても、やはり怖いのだろう。いきなり自分の性欲をすべてぶつけていいわけがない。

「こ……今度は僕が洗ってあげるよ」

秀介がなんとか言葉を絞り出すと、ゆあはほっとしたように笑みを浮かべた。

「うん。お兄ちゃん、洗って!」

ゆあがマットの上に正座し、泡まみれの胸を突き出す。形のいい美乳だ。そして、乳首がツンと尖っている。

背中を洗ってやるつもりだったが、ゆあはこちらを向いたままだ。それなら、わざわざ向こうを向かせる必要はない。秀介としても、こちらの面を洗うほうがうれしいのだから。

ボディーソープを手のひらに出し、それをゆあの肩のあたりに塗りつける。その手を首筋へ滑らせると、ゆあが可愛い声を出して身体をよじる。

「ああぁん、くすぐったい……」

「ダメだよ。じっとしてないと洗えないじゃないか」

首筋を撫でまわし、それを下へと移動させる。乳房のまわりを泡まみれの手で円を描くようにして、徐々にその円を狭《せば》めていく。

そして、指先がぬるんと乳首を滑り抜ける。

「あんっ」

ゆあがピクンと身体を震わせ、それに合わせて美乳がぷるるんと揺れる。

もう身体を洗っているふりをつづけるのは無理だ。秀介は手のひらで、ゆあの乳房をこねるように撫でまわしはじめた。

「ああん、お兄ちゃん、乱暴だよ～」

「そんなこと言って、本当は気持ちいいんだろ？　ほら、乳首がこんなに……」

秀介は指で乳首をつまもうとしたが、泡まみれになっているため、ぬるんと滑り抜けてしまう。

「あっはあああん……」

ゆあの口から悩ましい声がもれる。それが面白くて、秀介は何度も乳首をつまみ、指のあいだからぬるんと押し出しつづけた。

「あああん、お兄ちゃん、本気で洗う気があるの？　ゆあの身体で遊んでるだけでしょ？　だったら、ゆあもぉ」

そう言ったと思うと、ゆあの手が秀介の股間へ伸び、タオルをつかみ取った。

「なにすんだッ？」

とっさのことで秀介は反応できず、そこにある赤黒く勃起したペニスが剝き出しになってしまった。

「えっ……」

ゆあが大きく目を見開き、口を半開きにしたまま固まった。

勃起していることはわかっていたのだろうが、その予想を超えた大きさと形だったようだ。

ゆあの大きな瞳でじっと見つめられ、その視線の愛撫でペニスにむず痒《がゆ》い快感が駆け抜け、ピクピクと細かく震える。

「お兄ちゃん……これ、ゆあの乳首どころじゃないよ。す……すごい……こうなってる状態のオチ×チン、見るの初めて。はあぁぁ……すごい……」

ため息をもらし、ゆあは秀介の股間へ、そーっと手を伸ばしてきた。

その手を秀介は目で追った。払い除けようとはしない。その手でつかまれたいと思っていたからだ。

「うっ……」

泡まみれのゆあの手が、秀介のペニスをつかんだ。ゆあの手は小さくて、秀介のペニスは太いために、指が完全にまわりきらない。

その状態で、ゆあはペニスの硬さを確かめるように、握る手に力を込めたり緩めたりする。

「すっごい……オチ×チンって、こんなに硬くなるんだね」

「ゆあちゃんが可愛いから、こんなになっちゃうんだ」

「ああん、お兄ちゃんがゆあのことを思ってこんなに硬くなってるなら、気持ちよくしてあげないといけないよね？」

ペニスを握りしめたまま、上目遣いに見上げてくる。可愛い……可愛すぎる。秀介は大きくうなずいた。

「うん。気持ちよくしてくれ」

「わかった。こうすれば気持ちいいんだよね？」

パンパンにふくらんだペニスは、ゆあの手には大きすぎる。だからゆあは両手で大切そうにつかみ、その手を上下に動かしはじめた。

「おおううう！　き……気持ちいいよ。ううう……」

秀介は風呂マットの上に座り込んだまま、身体をくねらせた。それでも股間は動かさない。ゆあが愛撫してくれている邪魔をしたくなかったからだ。

ゆあは真剣な表情でペニスをヌルヌルとしごきつづける。そのたびに、乳房がぷるるんと揺れる。

ペニスをしごくことで、ゆあは興奮しているのだろう。頬が火照り、半開きの唇からもれる吐息が徐々に荒くなっていく。

卑猥な状況と可愛い妹の姿を見ていると、秀介は受け身でいることに耐えられなくなった。

それに、ゆあは秀介に処女を奪ってもらいたいと思っているのだ。

でも、処女であるゆあには、いきなりそういう状況は厳しいはずだ。手コキの次の段階へ、とりあえず一歩踏み出すべきだ。

それが男であり、兄であり、いちおう経験者である自分の役目だ。

そう自分を正当化して、秀介はすーっと手を伸ばした。

ゆあはペニスを握りしめたまま、秀介の手の行き先を目で追い、次の瞬間、この日一番の悩ましい声をもらした。

「あっふぅぅんん……」

「おおお……」

秀介も低く呻くように、感嘆《かんたん》の声をもらした。

秀介の指はゆあの股間——無毛の割れ目に滑り込んでいた。そこは温かな液体でヌルヌルになっていた。

「だ、ダメだよ、お兄ちゃん」

慌てて秀介から離れようとしたゆあだったが、秀介が指を小刻みに動かすと、もう身体に力が入らないようだ。

「あぁぁぁん……ダメ……そんなふうに触らないでぇ……」

「気持ちいいんだろ？　ゆあちゃんが僕のペニスを触って気持ちよくしてくれたお礼だよ。ほら、こうすると、すごく気持ちいいはずだよ」

秀介は手のひらを上にしてゆあの股間に手をねじ込み、中指で割れ目をヌルヌルとなぞる。

ゆあは喘ぎながら身体をクネクネさせる。今まで正座をしていた脚が崩れてアヒル座りになった。

わざとなのか、そうすることによって、秀介の手がよけいにゆあの陰部を愛撫しやすくなる。

ボディソープと愛液が混ざったものでヌルヌルになった陰部の中に、一カ所だけ硬い尖りが感じられる。

それは、ゆあのクリトリスだ。すでに乳首のように勃起しているらしい。

じっくり見たいが、泡まみれになっている。仕方なく秀介は指先に全神経を集中し、形と大きさを想像しながら指先でこねまわしつづけた。

ぬるんぬるんと指先から逃れるようにクリトリスが滑り抜ける。

「ああん、ダメ……お兄ちゃん……んんん……あああん、変な感じぃ……」

その変な感じのやり場に困ったように、ゆあはまたペニスをつかみ、上下にしごきはじめる。

「うっ……ゆあちゃん……す……すごく気持ちいいよ。ううっ……」

さっきまで手コキされているときも気持ちよかったが、今のほうが段違いに気持ちいい。

自分も妹の陰部を触っているという興奮がスパイスになっているのだ。

「ゆあも……ゆあも気持ちいいよ。あああん……」

可愛らしい顔を、もっと可愛らしく官能に歪ませている。それなら、もっともっと可愛くなった顔を見たい。

クリトリスをこねまわしていた中指をさらに奥のほうに移動させると、ぬるんと狭い肉穴に滑り込んだ。

「はあっ……」

ゆあが息を呑み、ペニスを握りしめる手に力が込められた。秀介の指が、ゆあの膣に滑り込んだのだ。

そこはおそろしく狭く、中指の第一関節ぐらいしか入らない。

もっとも、無理に奥まで入れて処女膜を傷つけてしまっては大変だ。ゆあの大事な場所を最初に通過するのは、もちろん肉の棒であるべきなのだから。

だけど、そのためにもこの狭隘《きょうあい》な膣道をもう少し広げておいたほうがいいと考え、秀介は中指を小刻みに動かした。

「ああん、ダメだよ、お兄ちゃん……んんん……あああん、動かさないでぇ……あああん……」

身体をくねらせて、ゆはは ギュッ、ギュッとペニスをきつく握りしめる。そのたびに膣道も狭まり、秀介の指を押し出そうとする。

「うう……ゆあちゃんは処女を捨てたいんだろ？　それなら、ゆあちゃんのここ、すごく狭いから、少しほぐしておいたほうがいいんだよ。ほら、こうすれば、痛みなんか感じないはずだよ」

秀介は中指の第一関節まで押し込んだまま、親指でクリトリスをグリグリとこねまわしはじめた。

「あああっ……いや……あああん、変な感じ……あああ……お兄ちゃん、やめて、お願い」

「ダメだよ。いっぱい気持ちよくなるんだ。ほら、ほら」

秀介はクリトリスをこねまわしつづける。

膣が少しずつ男を受け入れる体勢になっていくのか、中指の第二関節までがぬるりと突き刺さる。

だが、それ以上は無理だ。狭すぎる。

それに、快感のやり場に困ったように、ゆあがペニスをつかむ力が強められ、上下にしごく動きもすごく激しくなっていく。

「ああ、ダメだよ、ゆあちゃん……んん……そんな強くしごいたら僕……うう……」

秀介もまた、強烈な快感に突き動かされるようにして、中指と親指の動きを激しくしていく。

それだけではなく、左手がゆあの乳房に伸び、わしづかみにして、乱暴に揉みしだいてしまう。

「お兄ちゃん、あああああん……気持ちいい……あああああ、すごく気持ちいい……」

ゆあが身体をくねらせ、ペニスを力任せにしごく。

「ああ、ゆあちゃん……そんなにしたら……もう……僕……あああああ、もう出ちゃいそうだよ」

「え？　お兄ちゃん、出ちゃうって、なにが？」

「せ……精液だよ。もう限界だ！」

「ああんっ……いいよ、出して。見たい……お兄ちゃんが出すところを見たい。ああああ、ゆあも……ゆあもなんか出そう。あああああっ……」

「ゆあちゃん……ううう！　もう……もう出る……あああ、出る、出る、出る、はうう！」

ペニスがビクン！　と脈動し、先端から白濁液が勢いよく噴き出した。それは、ゆあの顔を直撃する。

「あっふううぅん！」

顔を精液まみれにしながら、ゆあが奇妙な声を出した。

その直後、幼児体型の女体が硬直《こうちょく》し、股間に差し入れた秀介の手のひらに向けて、温かい液体が勢いよく迸《ほとばし》った。

（えっ？　潮吹き？　おしっこ？）

どちらにしても、ゆあがエクスタシーへと昇りつめた証拠の液体だった。

そしてふたりは、しばらく無言で、ハアハアと苦しげな呼吸音を浴室の中に響かせつづけた。

3

「お兄ちゃん……ああん、この匂い、クラクラしちゃうよ」

顔を精液まみれにしたまま、ゆあが言った。

「ごめん。洗ったほうがいいよ。目に入るとよくないらしいから」

本当はもっとその顔を見ていたかったが、シャワーのお湯を出してやった。

それで顔を洗ったゆあは、お返しに秀介の身体についた泡をシャワーで洗い流してくれた。

だが、そのシャワーはいつまでも秀介の股間に向けられている。そこは射精前と同じか、それ以上の力強さで硬く勃起しつづけていた。

ゆあが不思議そうに訊ねる。

「お兄ちゃん、どうして大きいままなの？　男の人って、射精したら小さくなるんじゃないの？」

どう答えたらいいか迷ったが、結局正直に答えることにした。

「う……うん、まあ、普通はそうなんだけど……このあとのことを考えると、自然とこうなっちゃうんだ」

「このあとのこと？」

ゆあが首を傾げて、上目遣いにじっと秀介の目を見つめる。

可愛い……可愛すぎる……。

秀介は生唾を飲み込んでから、兄らしく優しく言った。

「まだ指でしか気持ちよくしてあげてないだろ。だから、ゆあちゃんをこいつで気持ちよくしてあげたいと思って……処女を奪うっていうのは、そういうことだし……」

秀介は自分の股間へ視線を向けた。

ペニスがピクンピクンと震える。それは武者震いだ。妹の処女を奪いたい、最初の男になりたい。そんな思いが肉の棒の中で激しく暴れて、はち切れそうになっているのだ。

「ありがとう、お兄ちゃん。すっごくうれしいよ」

ゆあが秀介の股間に手を伸ばしてくる。

「あっ、待って」

「どうして？　この硬くなったオチ×チンを使って、ゆあの処女を奪ってくれるじゃないの？」

ゆあが不機嫌そうに眉を寄せた。

「うん。そうだよ。でも、どうせなら部屋へ行かないか？　初めてなんだし、ベッドでじっくりとしたほうがいいんじゃないかな」

「そうだね。じゃあ、行こ。お兄ちゃん」

パッと表情を明るくすると、ゆあがペニスをつかんで立ち上がった。秀介もいっしょに立ち上がるしかない。なんだかすごく恥ずかしい。

「いいから、いいから。ほら、早く行こうよ」

つかまれたペニスが痛気持ちよくて、同時に、いたずらっぽい笑みを浮かべている妹が可愛すぎて、幸せな気分になってしまう。

そのあと、脱衣所で身体を拭き合ってから、全裸のまま二階の秀介の部屋に向かった。まるで犬の散歩でもするかのように、ゆあにペニスを引っ張られながら……。

「お兄ちゃん、大好きだよ！」

部屋に入ると、ゆあがいきなり抱きついてきた。背が低いので、背伸びをしながらキスをしてくる。

「ううっ……」

秀介は驚きながらも、そのキスを受け止め、妹の身体を抱きしめてやった。唇のやわらかさもそうだったが、乳房のやわらかさ、そして弾力がたまらない。

ふたりはなにも身に着けていない状態だったので、妹の体温が直接感じられるのもたまらない。

それに、ゆあの身体に硬くなったペニスが押しつけられ、そこからも快感が駆け上がってくる。

すべてが最高だ。もっと最高の思いをしたくて、秀介は背中にまわした腕を下のほうへ移動させた。

すぐにお尻に到着する。

小ぶりで引き締まったお尻を撫でまわし、その弾力を確認するように揉みしだいた。

「あああん、お兄ちゃん、くすぐったいよぉ」

ゆあが秀介の胸に顔をうずめて、可愛らしい声で言う。

そのゆあの頭に顔を押しつけて、秀介は大きく息を吸った。頭皮のなんとも言えないいい匂いがして、ペニスの中心にズキンと衝撃が走る。

尻肉をつかむ手にグイッ、グイッと力を込めると、ゆあの小陰唇が剥がれてピチュピチュといやらしい音を立てる。

「ゆあちゃんのあそこから変な音が聞こえるよ」

「いやっ……お兄ちゃんの意地悪ぅ」

顔を上げて、抗議の声を出す。抱き合ったままなので、ゆあの顔がすごく近い。胸が締めつけられるほど可愛い。

今度は秀介のほうから唇を重ねた。

「んん……」

ゆあが目を閉じて、キスを受け入れる。

ゆあは処女だ。おそらくキスもこれが初めてだろう。唇を硬く閉ざし、ただ押しつけるだけのキス。そのぎこちなさが可愛い。

秀介は尻肉を揉みしだきながら、唇を舌でこじ開けた。そして、ゆあの口の中へ舌をねじ込んでいく。

「んんんっ……」

ゆあが驚いたように目を開けた。

すぐ近くから見つめ合ったまま、ゆあの口の中を舐めまわし、舌を絡めてやる。すると、見様見真似でゆあも舌を絡め返してきた。

「はあぅうぐ……」

「うんんん……」

ふたりで奇妙な呻き声をもらしながら、たっぷりとディープキスを交わしてから、ようやく唇を離した。

唾液に濡れた唇を動かして、ゆあが訊ねる。

「ねえ、お兄ちゃん。ゆあとエッチしたい？」

ただ単に処女を捨てたいだけではなく、求め合いながら大人への階段を上りたいのだろう。

だから本当に自分が秀介に求められているかどうか、ゆあは不安なのだ。

やはり自分の気持ちを、はっきりと言葉にするべきだ。

「……うん。僕はゆあちゃんとエッチしたいよ。ううん、したくてたまらないんだ。ゆあちゃんは僕とエッチしたい？」

「うん。したい！」

ゆあは少し食い気味に返事をした。

「ほんとにいいの？　僕はゆあちゃんより、だいぶ年上だよ」

「年上だからいいんじゃないの。お兄ちゃんはエッチしたことあるよね？」

「えっ？……ああ、あるよ。もちろんだよ」

数えるほどだったが、本当に経験はある。それに経験以上に、知識だけは誰にも負けない自信があった。

「どんな感じ？　オナニーよりも気持ちいい？」

抱きついたままますがるような瞳で見上げ、ゆあが訊ねる。ゆあのヘソのあたりに押しつけられたペニスがピクピクと痙攣する。

「ああ、セックスはすごく気持ちいいよ。肉体的にはもちろん、精神的なよろこびがすごいんだ」

「じゃあ、お兄ちゃん、ゆあとエッチして。お兄ちゃんのオチ×チンで気持ちよくして。そして、精神的なよろこびもちょうだい」

「いいよ。でも、父さんと母さんには秘密だよ」

「わかってる。だからお願い！」

「よし。ベッドにいこう」

秀介はゆあをお姫様だっこで抱き上げ、ベッドに寝かせた。その上に覆い被さっていく。

処女とするのだから、前戯は重要だ。秀介はキスをしながら、乳房を優しく揉みしだく。

「はあっううん……」

ゆあが身体をくねらせる。風呂場での指マンで一度エクスタシーへ昇りつめた身体は、かなり敏感になっているらしい。

ひとしきり乳房を揉んでから、その手をゆあの股間へと移動させた。

「あっあぁぁん……」

指先が割れ目に触れた瞬間、ゆあがピクンと身体を震わせた。かまわず強く押しつけると、肉丘のあいだに指がぬるりと滑り込んだ。

秀介のペニスがずっと力を漲らせているのと同じように、その奥はさっきの風呂場にいたときのまま、熱くとろけていた。

初めてのセックスで緊張しながらも、ゆあも興奮しているのだ。

熱くとろけた柔肉のあいだに、秀介は指先をぬるりぬるりと滑らせた。ねっとりとした粘液が、水飴のように秀介の指先にまとわりつく。

指先を微かに動かすとぬぷぬぷと音がして、ゆあが恥ずかしそうに顔を背けた。

「こっちを見て」

秀介が言うと、ゆあは素直にこちらに顔を向けた。頬が火照り、瞳が潤んでいる。ゾクゾクするぐらい色っぽい。

「だって、恥ずかしいもん。そんなに濡れちゃって……」

「いいじゃないか。これは僕のものが入ってきやすいように濡れているんだから」

「それはそうだけど……」

「怖い？」

「……うん。ちょっと怖いかも。最初は痛いっていうし、お兄ちゃんのオチ×チン、すごく大きいから」

可愛らしい顔に不安げな表情が浮かんでいる。

痛々しい気分になってしまうが、ここでやめるという選択肢はもうない。それなら、ゆあの身体が巨大なペニスを受け入れられるように準備をするだけだ。

「じっくり時間をかけて準備をすれば大丈夫だよ」

秀介は身体を下のほうに移動させる。

「え？　お兄ちゃん、なにするの？」

ゆあが不安げな声で問いかけるが、仰向けに横たわったままだ。

本当はなにをするかわかっていて、ただそのことに対して恥ずかしくてたまらないだけなのだ。

「もっと気持ちよくしてあげるよ。そしたら、大きなペニスだって、きっと簡単に入っちゃうからさ」

大きなペニスを受け入れられるように、ゆあの処女穴をじっくりとほぐしてあげる必要があった。

いや、それだけではない。風呂場では泡で隠れていてあまりよく見ることができなかったので、ゆあの陰部をじっくりと見たかった。

秀介はゆあの足下に座り、両足首をつかんで、グイッと押しつけた。

「あああん、お兄ちゃん……これ、恥ずかしすぎるよぉ」

ゆあは両手で顔を隠してしまう。だが、陰部は剝き出しのままだ。

秀介は思わず息を吞んだ。そこは陰毛がまったく生えておらず、ツルツルなのだ。

秀介が過去に生で見たことがある女性器は、大学一年生のときに付き合った同級生のものだけだった。

陰毛が生い茂った彼女の性器を初めて見たときはかなり興奮したが、今こうしてゆあの性器を目の前にすると、記憶にある女性器はグロテスクで気分が悪くなりそうなものだった。

それぐらい、ゆあの女性器は清純で、美しい。

ひめかの無毛の陰部もリビングでのオナニーを盗み見したときに見ていたが、距離が離れていて、そこまでよく見えなかった。でも、ゆあの陰部は肉丘の毛穴までしっかりと見える。

しかも、割れ目のあいだからは透明な液体が滲み出ていて、キュッとすぼまったお尻の穴のほうに流れ落ちている様子はいやらしすぎる。

「ああ……すごくきれいだよ。もっとよく見せてくれよ」

秀介は吐息をもらすようにして言い、今度は膝の裏に手を添えて押しつける。

膝が腋の下につくぐらいの、もうマングリ返しと言っていい体勢で、ゆあの陰部が突き出される。

「ああん、いや……あんまり見ないでぇ……はあああん……」

ゆあが身体をくねらせると、ピタリと閉じていた小陰唇が剝がれて、花が咲くように開いていく。

そして、おそらく他人の目にさらされるのは初めての、割れ目の奥が秀介の目の前に現れた。

ピンク色の窪みがヒクヒクうごめきながら、愛液を滲み出させている。

そこには穴など空いていない。媚肉がみっちりと詰まっている。それぐらい狭いということだ。

秀介はほとんど無意識のうちに、顔を近づけていった。そして、長く舌を伸ばして、割れ目の中心をぺろりと舐める。

「あっひぃぃんんん……」

ゆあが奇妙な声を出して、秀介をはね除けようと身体をくねらせる。

「ダメだよ、ゆあちゃん。じっとしててくれないと舐められないよ」

マングリ返しの体勢で押さえつけたまま、秀介はさらに陰部を舐めまわした。

愛液はほとんど味がしないが、それがゆあの恥ずかしい場所から溢れ出てきた液体だと思うと、なんともいえない美味に感じられる。

「はぁぁん……お兄ちゃん、ダメだよ。あぁぁぁん、そんなところを舐めたら汚いよぉ……」

言葉ではそんなことを言いながらも、ゆあはもう秀介をはね除けようとはしない。それどころか自分で両膝を抱えるように持ち、自らマングリ返しの体勢を維持しようとしている。

それは、舐められることが気持ちいいからだ。これもきっと初めての体験なのだろう。舌が割れ目をぬるりぬるりと滑り抜けるたびに、ゆあは「ああん……はあああん……」と可愛らしく喘いでみせる。

「汚くなんかないよ。可愛い妹のオマ×コなんだから。それに、いっぱい舐めて気持ちよくすれば、オマ×コの穴がほぐれて、大きなペニスを受け入れることができるようになるから」

「うん、わかった。お兄ちゃん、もっと舐めて」

ゆあは素直に納得してみせる。

その可愛らしい顔を見下ろしながら秀介はぺろりぺろりと陰部を舐めまわし、小陰唇を吸い、肉穴に舌をねじ込んで、入り口付近をレロレロと舐めまわす。

「あぁぁん……お兄ちゃん……んんん……そ……それ、気持ちいい……」

ゆあはときおりピクンピクンと身体を震わせながらも、じっと快感に耐えている。

秀介がその舌愛撫を徐々にクリトリスへと集中させていくと、ゆあの様子が変わった。

「あっ、ダメ……あああ、そこは……あああああん……指で触られるのより、ずっとずっと気持ちいい……ああああっ……」

「やっぱりここがいいんだね？　それならもっと舐めてあげるよ」

秀介はクリトリスを口に含み、まるで乳飲み子が母乳を飲むときのようにチュパチュパと吸ってやった。

「ああん、いや……あああ、な、なにそれ。あああん、ダメダメダメ……」

ゆあの反応に気をよくして、吸った状態で舌でくすぐるように舐めまわす。ヌルヌルと舌が滑り抜けるたびに、ゆあの身体がピクンピクンと震える。

これでとどめだ、とばかりに秀介はクリトリスを前歯で軽く甘噛みしてやった。

「あああっ、だ、ダメ……そ、それ、気持ちよすぎちゃう。あああっ……」

ゆあはもう両膝を抱えている余裕もなく、狂ったように身体をくねらせ、クリ責めから逃れようとする。

だが、秀介は逃がさない。それがゆあの望んでいることだという確信があったので、さらに強くクリトリスを吸い、舐め転がし、甘噛みを繰り返す。

「はあうっ……だ、ダメ、ダメ、ダメ……お兄ちゃん、も……もうやめてぇ。あああっ、気持ちいいぃ。い、イク……イッちゃう！　あっはあああん！」

絶叫と同時に、マングリ返しに折り畳まれていたゆあの身体がビクン！　と撥《は》ね、その勢いで秀介は弾き飛ばされた。

4

ゆあの絶頂の勢いで弾き飛ばされた秀介は、ベッドの上から転げ落ちそうになってしまった。

ギリギリのところでなんとか踏ん張り、ゆあのほうに視線を向ける。

「ゆあちゃん、イッちゃったんだね？」

「はあぁぁ……すごいよ、お兄ちゃん……ああああん……気持ちよくて、まだあそこ秀介の位置からは、ゆあは胎児のように身体を丸めて、荒い呼吸を繰り返していた。秀介の位置からは、お尻の穴と、まんじゅうを二個押しつけたような肉丘が丸見えだ。

その様子はたまらなく可愛らしくて、とんでもなくエロい。秀介のペニスは、もう破裂しそうなほど力を漲らせていた。

可愛い妹の処女穴に、早く自分のペニスをぶち込みたくてしょうがない。でも、焦りは禁物だ。

「ゆあちゃん。ちょっとオマ×コを見せて。もうだいぶほぐれてきたと思うから」

足首をつかんで引っ張ると、ゆあは特に抵抗することなく、自ら大きく股を開いてみせた。

肉びらが充血し、分厚くなっている。そして、その奥の膣口は、さっきよりもかなり開いてきているようだ。

そっと指を押しつけると、第二関節ぐらいまでが簡単にぬるりと突き刺さった。

「ああんっ……んん……」

「どう？　痛い？」

「ううん。大丈夫。って言うか、気持ちいいかも」

「そうか。だいぶほぐれてきたみたいだね。でも、念のためにもう少しだけほぐしておいたほうがいいかもね」

秀介のペニスは自分でも驚くほど大きくなっていた。それを挿入するためには、ゆあの膣はまだ狭すぎる。

挿入した指を円を描くように動かすと、ゆあの膣がカポカポと鳴る。

「いや……その音、恥ずかしい……」

「恥ずかしがらないでいいよ。ゆあちゃんの身体が僕のペニスを受け入れる準備をしている音なんだから」

円を描く動きをつづけながら、指をさらに奥まで挿入する。

「あぁぁん……はあぁぁん……」

ゆあは喘ぎ声をあげていて、特に痛みは感じないようだ。

あまり奥まで指を挿入して、処女膜を傷つけたら大変だ。深く入れるよりも、太い物を受け入れられるように拡張《かくちょう》したほうがいい。

試しに指をもう一本加えて、二本束ねて膣に押し込んでみると、それも簡単にぬるりと滑り込んだ。

「あぁぁん……なに？　お兄ちゃん、なにしてるの？」

「僕のペニスを挿入するための予行演習だよ。痛くない？」

「う……うん。ちょっと苦しい感じ」

「そうか。もう少しだね」

二本の指を抜き差しすると、女体を守ろうという条件反射なのか、愛液がまたドッと溢れ出てきた。

指先を微かに曲げて膣壁のザラザラした部分を擦りながら、抜き差しする動きを徐々に激しくしていく。

「ああん……お兄ちゃん、気持ちいい……あああん……あああん……」

少し乱暴に出し入れしてみたが、ゆあはクンニされていたときと同じように、悩ましく身体をくねらせつづけている。

抜き差しする二本の指によって、肉びらが巻き込まれたり、めくれ返ったりする。引き抜くときには割れ目が広がり、尿道口まで丸見えになる。

いやらしすぎるその眺めに、ペニスがパンパンになって痛みが走るほどだ。

（これぐらいほぐしておけば、もうそろそろ大丈夫だろう。この処女穴に俺のペニスが初めて入る……俺がゆあちゃんを女にしてあげるんだ。ああ、なんて感動的なんだろう）

「ゆあちゃん、もうそろそろ……」

膣から引き抜いた二本の指は濃厚な粘液にまみれていて、完全に張りついてしまっていた。

それをぺろりと舐めると、まるで強烈な強壮剤《きょうそうざい》であるかのように、またペニスがビクンと脈動し、バナナのように反《そ》り返る。

「お兄ちゃん、きて……ゆあの処女を奪ってぇ」

両手を差し出し、ゆあは鼻にかかった甘えるような声で言う。

「うん。今、奪ってあげるからね」

大きく開いたゆあの股のあいだに自分の身体を押し込み、パンパンにふくらんだ亀頭を濃厚な愛液にまみれた膣口に押し当てた。

グイッと腰を押しつけるが、さすがに簡単には入らない。

「お兄ちゃん、やっぱり無理かも……」

さっきまでうっとりとしていたゆあの顔に、恐怖の気配が浮かび上がった。すっかり準備ができていたはずのゆあの身体が、また固く緊張している。

「いいよ、ゆあちゃん、無理しなくても。今日はやめとこうか。で、また、ゆあちゃんの心の準備ができたときにしよう」

顔の横に両手をついて、覆い被さる体勢で秀介が優しく言うと、ゆあが下からいきなり抱きついてきた。

「いや！　今がいい！　今、お兄ちゃんとひとつになりたいの！」

ゆあが唇を押しつけてきて、覚えたばかりのディープキスをしてくる。口の中に舌をねじ込み、秀介の舌を舐めまわす。

「ううっ……」

秀介もすぐに舌を絡め返した。二枚の舌がぴちゃぴちゃと音をさせながら、なまめかしく絡み合う。

ゆあがディープキスに夢中になっている今がチャンスだ。

キスをしながら、秀介は亀頭をぬかるみに押しつける。クプッと半分ほどが埋まるのがわかった。

温かな膣粘膜に包まれて、ペニスに快感が走る。

もっとペニス全体で、このぬるつきを味わいたい。秀介は押しつける力を強めたり弱めたりしながら、少しずつ処女穴を拡張していく。

「はあっああ……」

ゆあの身体が再び緊張で硬くなるが、唾液を混ぜ合わせるように舌を絡め合っているうちに力が抜けていく。

その瞬間、ぬるりとカリクビのあたりまで埋まった。

「あああん……」

ゆあの可愛らしい顔が苦痛に歪む。膣道は予想以上に狭い。

「痛いか？」

「う……うん、少し。でも、お兄ちゃんとひとつになれるのがうれしいの。もっと奥まで入ってきて」

ゆあが切なげな瞳で見つめながら懇願《こんがん》する。妹の願いを叶えてあげたい。

「よし。ゆあがそう言うなら。でも、ひとつになるためにも、これで気持ちよくしてあげるよ」

秀介はディープキスをしながら、ふたりの身体のあいだに手をねじ込み、クリトリスをいじりはじめた。

「はあっぐぐ……うっぐぐぐ……」

ゆあが顔を紅潮《こうちょう》させて眉根を寄せる。クリトリスに受ける快感が、膣壁を押し広げられる痛みをやわらげてくれるはずだ。

秀介は優しくクリトリスを愛撫しながら、腰を前後に動かしつづけた。少しずつ奥まで埋まっていく。

(せ……狭い……あああ、でも、気持ちいいよ、ゆあちゃん……)

舌を絡ませながら、秀介はペニスを少しずつ奥まで押し込んでいく。

と、不意にぬるりと半分ほどが滑り込んだ。

「ああっ……お兄ちゃん……あぁぁん……」

ゆあが身体をのけぞらせる。

「痛いかい?」

「大丈夫。もっと……もっと奥まで入ってきて」

「よし。あと少しだからな」

半分ほど挿入した位置で、また小刻みにペニスを抜き差しする。大量に溢れ出た愛液がヌルヌルと滑り、ふたりの行為を手助けしてくれる。

秀介はゆあの首筋にキスをし、その舌愛撫を乳房へ移動させて乳首を口に含んでチュパチュパ吸い、右手の親指でクリトリスを撫でまわす。

そうして、ゆあの全身を快感というオブラートに包み込んでやりながら、ゆっくりゆっくりと奥まで挿入していく。

するとある瞬間、それまできつかったゆあの膣壁があきらめたように一気に緩み、巨大なペニスが根元までぬるんと滑り込んでいく。

おそらくそれは処女膜が破れた瞬間だ。可愛いゆあの眉間に深い縦皺が刻まれている。

「ううっ……入っていく……僕のペニスが、ゆあちゃんの中に入っていくよ」

ゆあの初めての男になったというよろこびに、秀介の身体は震えてしまう。そのまさらに奥までペニスを突き刺すと、ふたりの身体が完全に密着した。

「あっはあああん……」

ゆあが身体をのけぞらせて、その反動のようにすぐに秀介にしがみついてきた。そして、耳元で訊ねる。

「お兄ちゃんのオチ×チン、ゆあの中に全部入ったの?」

「うん、全部入ったよ。ゆあちゃんのオマ×コ、温かくてすごく気持ちいいよ」

それは嘘ではない。ひとりでにピクンピクンとペニスが動いてしまう。

「あっ、中で動いてる。あああ、気持ちいい。お兄ちゃん、大好き!」

ゆあが下から秀介の唇を求めてくる。

もちろん秀介はゆあの唇を塞《ふさ》ぎ、舌をねじ込み、クチュクチュと舌が絡まり合う音を立ててディープキスをした。

そして、なるべくゆあの身体に負担をかけないように、ゆっくりとペニスを引き抜いていき、ゆっくりと挿入し、またゆっくりと引き抜いていき、という動きを繰り返した。

ゆあの処女肉は徐々にほぐれ、ディープキスの音に共鳴するように、ふたりの下腹部もすぐに粘ついた音を立てはじめた。

「はぁぁ……お兄ちゃんのオチ×チン、すごく気持ちいい。エッチって、こんなに気持ちいいものだったんだね」

感動したようにゆあが言う。

「僕も気持ちいいよ。腰の動きが止まらないぐらいだ。ああ、すごいよ、ゆあちゃん……んんん……」

「お兄ちゃんとこういう関係になりたいって、ずっと思ってたの。うれしい……ああん、ゆあ、すごくうれしいよ。はあぁぁ……」

「僕だってそうさ。ゆあちゃんとひとつになれて最高の気分だよ。さあ、もっともっと気持ちよくなろう。ふたりいっしょに気持ちよくなろう。ほら……ほら……」

ゆあの膣壁はもう充分にほぐれていた。秀介は徐々に腰の動きを大きく、速くしていった。

「はぁぁん……はぁぁん……ああんッ……」

膣奥を突き上げるたびに、ゆあの口から悩ましい声がこぼれ出る。

たぷんたぷんと揺れる乳房をわしづかみにして、その弾力とやわらかさを楽しみながら、秀介はヌルヌルにとろけた膣粘膜を味わいつづける。

肉体的な快感だけではなく、可愛い妹とセックスしているという精神的な快感がすごい。

以前に同級生の女子としたセックスとは段違いの快感に襲われる。どうせなら視覚でも、自分に訪れた幸運を確認したい。

秀介は挿入したまま身体を起こし、ふたりの身体がつながり合っているところを見下ろした。

ペニスに肉びらがまとわりつき、抜き差しする動きに合わせて、めくれ返り、巻き込まれして、肉棒はすぐに白く濁った愛液にまみれていった。

その白さの中に、ほんのりとピンク色が混じっている。それはゆあの破瓜《はか》の血だ。ゆあが処女だったことを改めて確認し、自分が初めての男になれたよろこびに全身がビリビリと痺れた。

その痺れは、パンパンにふくらんだ肉棒の中に充満《じゅうまん》し、今にも爆発しそうになってしまう。

このまま抜き差ししつづけたら、すぐにイッてしまう。そう思っても、秀介は腰の動きをセーブすることはできなかった。

「ゆ……ゆあちゃん……ぼ……僕、もうそろそろ限界かも」

再び覆い被さり、唇を微かに触れ合わせた状態で秀介が苦しげに言う。

それに応えて、火照った顔を切なげに歪ませてゆあが懇願する。

「はぁぁん……お兄ちゃん……いいよ。いっぱい出して。ゆあで気持ちよくなった証拠をいっぱい見せて。あああん」

その悩ましい表情は秀介の興奮の最後を一押しした。

「う……うん、見せてあげるよ。ゆあちゃんのオマ×コがどれぐらい気持ちいいか、いっぱい見せてあげるよ。もう……もう……で……出る……ううう！」

尿道を熱いものが駆け抜けていく。その瞬間、秀介はぬかるみの中からペニスを引き抜いた。亀頭が跳ね上がり、微かに赤みを帯びた愛液が飛び散る。

その直後、ペニスの先端から噴き出した白濁液が、ゆあのヘソから胸にかけて、大量に降り注いだ。

「最高だったよ、ゆあちゃん。気持ちよかった」

秀介は肩で息をしながら言った。ゆあも火照った顔で、満足げに言う。

「はぁぁぁん、ゆあもすごく気持ちよかったよ。お兄ちゃんとエッチができて幸せ。あああ、この液……いっぱい出たね。それだけ、ゆあとのエッチが気持ちよかったってことだよね？　うれしいなあ」

自分の身体の上に飛び散った精液を指で弄《もてあそ》びながら、ゆあがうっとりとした表情で言った。

その様子を見ながら、秀介はまた股間に力が漲りはじめるのを感じた。こんな可愛い妹相手だと何回でもできそうだった。

そのペニスの変化に、ゆあが気づいた。

「あれ？　お兄ちゃん、まだ満足してないの？」

「いや、そういうわけじゃないんだけど……」

「ダメだよ。遠慮なんかしちゃ。ゆあが満足させてあげるから。今度はゆあが上になるね」

顔についた精液をティッシュできれいに拭い取ると、ゆあは秀介をベッドに寝かせて、その上に跨がってきた。

そして、自分で器用にペニスを膣の中へ呑み込んでしまう。

「あああん、お兄ちゃん、気持ちいい……」

「ううっ……ぼ……僕も気持ちいいよぉ」

そして、第二ラウンドのゴングが鳴った──。

第四章　ドM処女の調教遊戯

1

日曜日の昼下がり、秀介が自分の部屋で授業で提出しなければいけないレポートを書いていると、ドアをノックする音が聞こえた。

「お兄様、ちょっとよろしいですか？」

ひめかの声だ。

「ひめかちゃん？　どうかした？」

秀介がドアを開けると、いつものようにメイド服姿のひめかが廊下に立っていた。

今日のメイド服は黒いブラウスにミニスカート。白いエプロンをつけ、頭には白いカチユーシャ。膝上までの黒いニーソックスを穿いていて、絶対領域の白い太腿がまぶしい。

秀介が目のやり場に困っていると、ひめかが得意げに言う。

「お兄様、今夜はひめかが夕飯をお作りします。なにか食べたいものはありますか？」

「え？ 作ってくれるの？」

「はい。ハンバーグで大丈夫ですか？ ひめか、実はハンバーグしか作れなくて……だけど、タネから作る本格的な手作りハンバーグなんですよ」

ひめかは恥ずかしそうにもじもじしてみせる。

「うん。いいね。ハンバーグ、大好きだよ」

それに、ひめかちゃんの手でこねてくれたハンバーグを食べてみたくてたまらないよ、という言葉はなんとか飲み込んだ。

なにしろ相手は中学二年生なので、そういう発言は気持ち悪がられてしまう可能性があった。

「本当のことを言うと、もうハンバーグの材料を買ってきちゃったんです。よかったです。お兄様がハンバーグが好きで。では、準備にかかりますね」

にっこり笑って、くるりと後ろを向き、廊下を階段のほうに歩いていく。

その後ろ姿を秀介はジロジロと眺めた。

長い黒髪とミニスカートの裾の揺れがシンクロしている様子がたまらなく可愛い。

こんな可愛いメイドが家にいるなんて、半年前なら想像すらしていなかった。ついにやにやしてしまう。

と、そのとき、目の前のドアが開いた。ゆあの部屋だ。

慌てて顔を引き締めたが、部屋から出てきたゆあは秀介を見ると、パッと表情を明るくして駆け寄ってきた。

「お兄ちゃん!」

飛びつくようにして腕にしがみつく。Tシャツの下の乳房がむにむにと二の腕に押しつけられる。

一昨日の夜、ゆあの処女を奪ったあと、朝まで数えきれないぐらいセックスをした。

処女から卒業したばかりで大丈夫かと心配したが、ゆあは最初に少し痛がっただけで、あとはもうこちらがうれしくなるぐらい感じまくってくれた。

本当なら今日もやりまくりたいところだが、ひめかがいたのでできない。

あの日、ゆあとひめかが話していた内容——ゆあのあとは、ひめかが処女を秀介に捧げるというのが本当であれば、遠慮することなく自分の欲望をふたりの妹にぶつけられるのだが、「あれって本当？」と確認するのもはばかられた。

もしもそんなことをして、「盗み聞きしてたなんて最低！」と妹たちが怒ってしまったら、せっかくのこの関係がダメになってしまいそうで怖かったのだ。

「どうしたの？　お兄ちゃん、難しそうな顔をして、なにを考えてるの？」

ゆあが不思議そうに見上げてくる。

「え？　ああ、そ、それは……あれ？　ゆあちゃん、出かけるの？」

ゆあはリュックを背負っているし、着ているTシャツはお気に入りのものだ。

「あっ、そうなの。今日は友だちの家で勉強するの。晩ご飯も向こうの家でご馳走してもらうことになってるから、帰りは九時ぐらいかな。その子のお父さんが車で送ってくれるから心配いらないよ。じゃあね、お兄ちゃん、お姉ちゃんとふたりで楽しんでね。行ってきまーす！」

ゆあは意味深な笑みを残して階段をドタドタと駆け下りていった。

「……お姉ちゃんとふたりで楽しんで？　それって、いったいどういう意味だよ？」

そう声に出して訊ねてみたが、もちろん答えてくれる人は誰もいなかった。

2

ひめかのハンバーグを楽しみにしながらレポートのつづきに取りかかったが、ゆあの言葉が気になって、まったく集中できなかった。

ふたりで楽しんで、と意味深な笑みを浮かべながら言っていた。それはひょっとしたら、ゆあの次はひめかが誘惑してくるということなのだろうか？

ゆあの幼児体型の女体は、たまらなく興奮した。

一歳年上のひめかは、ゆあに比べれば背が高く、体つきも、より女性的だ。すでに胸はかなり発育している。

リビングでオナニーをしているのを覗き見てしまったときは、距離が離れていたために、あまりよく見えなかったが、それでもかなりのナイスバディであることだけはわかった。

今夜ふたりっきりなら、ひょっとしたらひめかの裸を近くから見ることができるかもしれない。

だが、調子にのってこちらから誘惑したら、そんなつもりはなかったのに……と軽《けい》蔑されてしまう可能性もある。ああ、どうしたらいいんだ？

頭を抱え込んだ拍子に、腹が鳴った。気がつくと、もうそろそろ夕飯の時間だ。

悩んでいても腹は減る。自分の健康な身体にあきれたとき、階下からひめかが呼ぶ声が聞こえた。

「お兄様～。そろそろ晩ご飯にしませんか～？」

「ああ、今行くよ～！」

大声で返事をしてから、秀介は部屋を出て一階へ向かった。

妙に歩きにくいと思ったら、もうペニスが勃起して、ズボンの中でつっかい棒のようになっているのだった。

その勃起具合が目立たないように位置を調節してからリビングへ行くと、テーブルの上にこんがり焼けたハンバーグと大量のサラダが置かれていた。

「うわぁ、おいしそうだな」

「はい。お兄様に食べていただこうと思って、がんばって作りました。でも、味のほうは自信がないんですけど……」

ひめかは両手をお尻のあたりで組んで、恥ずかしそうに目を伏せた。

長いまつげがばさりとなびく。やわらかそうな頬と、ピンク色の可憐な唇。そして、メイド服の内側で存在を誇示している乳房。ミニスカートの下からのぞく絶対領域……。

(ああ、こんな可愛い妹とふたりっきりなんて、気が狂いそうだよ)

今にも襲いかかってしまいそうな自分を牽制《けんせい》するように秀介は言った。

「ああ、お腹減った。さあ、食べようか」

「はい」

ふたりでテーブルを挟むように向かい合って座り、食事を始めた。

「おいしい！　すごくおいしいよ！」

ハンバーグを一口食べて、秀介は言った。

それは本当の気持ちだ。ハンバーグの味自体がおいしいのはもちろん、ひめかが手ごねしてくれたものだと思うと、よけいにおいしく感じられる。

「ありがとうございます。お兄様によろこんでいただけてうれしいです」

なんともいえない幸せな空気のなか、食事は進んだ。それに、ふたりっきりで食事をするのは初めてのことだ。ひめかの学校のこと、秀介のバイト先のこと、両親のことなど、会話が弾む。

ふと、今まで気になっていたことを秀介は訊ねてみた。

「ひめかちゃんはメイドになりたいの？　それともファッションが好きなだけ？」

「メイド服って可愛いから好きなのはそうなんですけど、ひめかは……ドMだと思うんです。だから、誰かに奉仕するメイドに惹《ひ》かれてしまうんです」

上目遣いに秀介を見つめながら、ひめかが言う。可愛い妹の口から出た「ドM」という単語が、秀介の下腹部を直撃した。

「うっ……」

ビクンとペニスが脈動し、秀介は呻き声をもらしてしまった。

「どうしたんですか？　喉に詰まっちゃいました？　お茶どうぞ」

ひめかが身を乗り出すようにして、グラスを差し出してくれる。

可愛い顔と胸のふくらみが一気に近づいてきて、秀介は慌てて目を逸らし、受け取ったお茶を一口飲んだ。

「ありがとう。もう大丈夫だよ」

「よかったです」

まっすぐに秀介を見つめたまま、ひめかはにっこりと笑う。

（あの日、盗み聞きした話が本気だったなら、ひめかちゃんも僕とセックスしたいと思ってるはずなんだ。ひょっとして、今もテーブルの下ではあそこをヌルヌルにしてるんじゃないのか？）

ついそんなことを考えてしまう。相手は妹だと思っても、それはマイナスになるどころか、プラスとして秀介の欲情を刺激してくるのだ。

だけど、どう切り出していいかわからない。秀介はもともとモテるタイプでもないし、女性経験なんてほとんどないのだ。

悩んだ末に、ふと言ってみた。

「ひめかちゃんはメイド服をいっぱい持ってるんだよね？」

「は……はい……」

なにかを感じたのか、ひめかが緊張した様子で背筋を伸ばして顎を引いた。

「他のメイド服も着てみせてくれないかな？　もっといろんなひめかちゃんを見てみたいんだ」

「他の……メイド服ですか。う〜ん」

いっぱいありすぎて迷ってしまうのだろう。ひめかは唇に人差し指を当てて考え込んだ。

そんなひめかに秀介は助け船を出す。

「できれば一番最近買ったメイド服がいいな。ひめかちゃんの最新の好みがわかるわけだから」

もちろんそれは、リビングでオナニーをしていたときに着ていたシースルーのメイド服のことだ。

ひめかもあのメイド服を思い浮かべたのだろう、顔を赤くして言う。

「で……でも……ちょっと恥ずかしいです」

「いいじゃないか。僕とひめかちゃんは兄妹なんだよ。恥ずかしがる必要なんかぜんぜんないよ」

「……そうですか。お兄様がそう言ってくれるなら……じゃあ、着替えてきますから、ちょっと待っててくださいね」

そう言うと、ひめかはリビングを出て二階の自分の部屋へと向かった。秀介は、ひめかがあのメイド服を着て戻ってくることを期待しながら待った。

そして、十分ほど経った頃、階段を下りてくる足音が聞こえ、リビングの出入り口のところにひめかが姿を現した。

「ひ……ひめかちゃん……そのメイド服……すごくいいよ……」

秀介の口からそんな言葉がこぼれ出た。

「そう……ですか？　このメイド服……ちょっとエッチだから恥ずかしくて……」

ひめかは頬を赤くしながら、もじもじと身体をくねらせた。

ひめかが着ているのは、秀介がこのリビングでたまたま見てしまった、ひめかがオナニーをしていたときのメイド服だ。

あのときは、離れていたのでよく見えなかったが、今は身を乗り出せば手が届きそうなほど近くにある。

ワンピースは胸のところには生地がない。その上にシースルーのエプロンを着けているが、乳房はほとんど透けて見えてしまっている。丸見えではないというのが、かえってエロティックだ。

スカートは丈がおそろしく短くて、少しでも前屈みになるとお尻が見えてしまう。

あの夜は、パンティは穿いていなかったが、さすがに今は穿いていた。

だがそれは、黒いTバックのパンティなので、ひめかの丸くて白いお尻は剥き出し状態なのだ。

ジロジロ見ていると、おいしそうな料理を目の前にしたときのように唾液が口の中に大量に溢れてきて、それを飲み込むとゴクンと喉が鳴ってしまった。

ひめかがハッとしたようにこちらに視線を向け、目が合うとすぐにまた恥ずかしそうに顔を背けた。

そんなひめかに、秀介は声をかける。

「か……可愛いよ。そのメイド服、すごく可愛いよ！」

「ありがとうございます。お兄様はこういうメイド服が好きなんですね。よろこんでもらえて、ひめかもうれしいです。本当言うと、お兄様によろこんでもらえるんじゃないかと思って買ったんです。でも、見せるのが恥ずかしくて……」

心底恥ずかしそうにしているひめかの様子を見ていると、もう我慢できなくなってしまう。

「僕……本当は一度、見てるんだ。ここで。ソファで居眠りしていたときに、ひめかちゃんがそこの扉を開けた鏡の前で……このメイド服を着て……ひめかちゃんも気づいてたんじゃないの？」

思いきって訊ねてみた。一気に先に進めるには、すべてをさらけ出したほうがいいと思ったのだ。ひめかはうなずいてみせた。

「はい。あのとき、途中で気づいて……だけど、お兄様のことを思ってあんなことをしてたんで、見られてることに気づいたら頭の中が真っ白になって、もう自分を止めることができなくなって……」

まるで小便を我慢しているかのように、ひめかがもじもじと内腿を擦り合わせる。

それはきっと陰部がうずいているのだ。ペニスがピクピクと武者震いをつづけている
秀介には、はっきりとわかる。

（さあ、このあとどうする？　がんばれ、俺。相手は中二の妹、おまけに処女だ。俺がリードしなきゃ、なんにも始まらないんだよ！）

「……奉仕」

「え？　なんですか、お兄様」

「……僕に奉仕してくれないか？」

「はい。ひめかはお兄様のメイドですから、よろこんで奉仕させていただきます。で、なにをすればいいんでしょうか？」

「僕を……僕を気持ちよくしてくれ」

秀介はその場に立ち上がり、ズボンとボクサーブリーフを脱ぎ捨てた。

「はあっ……いや……」

ひめかがまぶしそうに腕で目を覆うようにして顔を背けた。

ペニスは真っ赤に充血し、太い血管を浮き上がらせながら、まっすぐに天井を向いてそそり立っていた。

「だって、そんなエッチなメイド服を着ているメイドは、やっぱりエッチな奉仕をし

なきゃいけないと思うんだよ。どう？　間違ってるかな？」

　下腹に力を込めて、ペニスをビクンビクンと動かしてみせる。

　まるで猫じゃらしを鼻先でふられた子猫のように、ひめかの目がその動きを追う。

そしてひめかは、大きく息を吐いた。

「はあああ……わかりました。お兄様にご奉仕させていただきます」

　ひめかが秀介の前に膝をついた。おそるおそる手を伸ばしてくる。その指先が触れた瞬間、ペニスがビクン！　と撥ねた。

「えっ……」

　ひめかが慌てて手を引いた。ひめかはおそらく処女だ。つまり勃起したペニスを生で見るのも、こうやって触るのも初めてのはずなのだ。

「驚かしてごめん。ひめかちゃんの指が冷たくて気持ちよくて……さあ、怖がらないで、つかんでみて」

「は……はい……」

　もう一度、ひめかがペニスに手を伸ばし、そっと包み込むようにつかんだ。手が小さくて、ペニスが太すぎるので、指がまわりきらない。

　それでもひめかの手はしっとりとしていて、すごく気持ちいい。そうやってつかまれているだけで射精してしまいそうだ。だが、どうせならもっともっと気持ちよくなりたい。

「そのまま上下に動かしてみて」

「……こう……ですか？」

おっかなびっくりといった様子で、ひめかは手を上下に動かしはじめた。

遠慮がちにつかまれているので、手のひらで擦っている程度の刺激だが、それでも充分に気持ちいいし、なにしろ視覚から受ける刺激がすごい。

可愛らしい中二の妹がシースルーのメイド服を着て、真剣な表情でペニスを手でしごいているのだ。それは卑猥すぎる眺めだった。

でも、ひめかはドMなのだ。もっといろいろ奉仕させてやったほうがよろこぶはずだ。

「手も気持ちいいけど、舐められるともっと気持ちいいんだ。僕のペニスを舐められるかな？」

「……はい。できます。お兄様がよろこんでくださるなら」

初めて生で見る勃起した状態のペニスは、中二女子にとってはとんでもなくグロテスクな形状なのだろう。ひめかは表情を硬く強張《こわば》らせながら、ペニスに顔を近づけてきた。

きれいなピンク色の舌を伸ばして、裏筋をぺろりと舐める。

「はっふうう……」

想像以上の快感が身体を駆け抜け、秀介は思わず変な声を出してしまった。

「お兄様、大丈夫ですか？」

ひめかが心配そうに訊ねる。

「うん。平気。ちょっと気持ちよすぎただけだから、もっと舐めてみて」

秀介が気持ちよくなってくれていると知ったひめかは、うれしそうに微笑み、今と同じように肉幹にぺろりぺろりと舌を這わせた。

すでに完全に勃起していると思っていたペニスが、さらに力を漲らせていき、反り返った先端が、大げさではなくヘソの下あたりに食い込みそうになってしまう。

「あぁ……お兄様、すごい……すごく大きいです。はあぁぁ……」

徐々に恐怖心は消えてきて、代わりに性的な興奮が湧き上がってきたらしく、ひめかは吐息を荒くしながらペニスを舐めつづける。

裏筋の根元から先端にかけてツーッと舌を這わせ、その途中でピクンとペニスが震える場所が感じるポイントなのだと気づいたひめかは、重点的にカリクビのあたりをくすぐるように舐めはじめた。

「あ……そ……そう。そこ、気持ちいいよ。ああ……上手だよ」

「ありがとうございます。お兄様が気持ちよくなってくれて、ひめかもうれしいです」

「そうか。うれしいか。それなら、もっと気持ちよくしてくれ」

「どうすれば？」

「咥えて。アイスキャンディをしゃぶるときみたいにしてもらえれば……」

「はい、お兄様。こういう感じでいいですか？」

そう言うと、ひめかは手でペニスをつかんで先端を手前に引き倒し、大きく口を開けて亀頭をパクッと咥えてみせた。

「うっ……ううう……」

温かな口の中の粘膜がねっとりと締めつけてくる快感に、秀介は思わず身震いをした。同時に、ペニスがピクンピクンと痙攣し、ひめかの口の中で暴れる。

それでなくても大きなペニスで口を完全に塞がれているひめかは、目をギュッと閉じて、鼻で苦しげな呼吸を繰り返した。

「大丈夫？　苦しかったら無理しなくてもいいよ」

秀介が声をかけると、ひめかはペニスを口に咥えたまま、潤んだ瞳で上目遣いに見上げて、首を微かに横に振った。

それは無理などしていないという意味のようだ。

ひめかは亀頭を口に含んだまま、首を前後に動かしはじめた。ひめかの可憐な唇のあいだを自分の醜悪なペニスが出たり入ったりしている……それは、いやらしすぎる眺めだった。

肉体に受ける快感と視覚的な興奮で、秀介はもう頭の中が真っ白になってしまうぐらい興奮していく。

「ひめかちゃん……ううう……それ……ううう……気持ちいいよ……」

秀介が苦しげな声で言うと、ひめかはいったんペニスを口から出して、その唾液まみれの亀頭に唇を微かに触れさせたまま言った。

「お兄様が気持ちよくなってくれてると思うと、すごくうれしいです。もっと気持ちよくしてあげますね」

ひめかはまたペニスを口に含み、さっきまでよりもさらに熱烈にペニスをしゃぶりはじめた。

だんだん要領《ようりょう》をつかんできたのだろう、ジュパジュパと唾液を鳴らしながら首を前後に動かしつづける。

そのフェラチオは気持ちよすぎて、すぐに射精の予感が込み上げてきた。

「ああっ……ダメだよ、ひめかちゃん……ううう……そ……そんなに激しくされたら僕……僕もう……」

どうせなら、じっくりとこの状況を楽しみたかった。だが、ひめかは全力で秀介を気持ちよくしようとがんばってくれている。

その様子を見下ろしていると、ペニスをひめかの口から引き抜くなんてもったいなくてできない。

されるままひめかにペニスをしゃぶられ、その快感にどっぷりと浸かっていると、身体の奥から熱い衝動が突き上げてきた。

「あっ……ダメだ。ううっ……も……もう出る……ううう！」

そう呻いた瞬間、ペニスがビクン！ と脈動し、ひめかの口の中にいきなり射精してしまった。

「うっぐぐ……」

ひめかはペニスを咥えたまま、ギュッと目を閉じた。

その苦しそうな顔を見下ろしながら、秀介はドピュン！ ドピュン！ と射精を繰り返した。

「ご、ごめん……僕……」

すっかり放出し終わった秀介は、ようやく冷静になり、とんでもないことをしてしまったと後悔した。

なにしろ相手はまだ中二の処女なのだ。口の中に射精されるなんて、きっと考えたこともなかったはずだ。

もう嫌われてしまうかもしれない。そう思うと、射精を終えたからだけではなく、ペニスが一気に萎んでいく。

ショックを受けたのだろう、ひめかは精液の溜まった口を半開きにしたまま、呆然と秀介を見上げていた。

その、とろ〜んとした瞳の焦点《しょうてん》が不意に合ったと思うと、まるで苦い薬を飲むときのように目をギュッと閉じて、ひめかはゴクンと喉を鳴らして口の中の精液を飲み込んでしまった。

「ひめかちゃん！」

思わず驚きの声がもれた。

ひめかは大きく口を開けて、もう一滴も残っていないことを見せると、得意げに言った。

「飲んじゃいました。ちょっと苦かったけど、お兄様の精液だと思うと、一滴も無駄にしたくなくて……」

そして、ひめかは唇のまわりをぺろりと舐めまわしてみせる。

その様子はとんでもなく可愛くて、その従順なメイドぶりに秀介の肉体はまた猛烈に反応してしまう。

気がつくと、ペニスが射精前のように、また力を漲らせて、まっすぐ天井を向いてそそり立っているのだった。

3

「ああん、お兄様……すごい……」

ひめかの物欲しそうな瞳が秀介の股間に向けられる。この逞しいもので処女を奪ってほしいと思っているのだ。

もちろんそのことに、秀介は異存はない。

だが、その前に……。

「ひめかちゃん、初めてなんだよね？」

「はい……初めてです」

ひめかがコクンとうなずいた。

「それなら、前戯に時間をかけたほうがいいと思うんだ。だから、ソファに上がって、お尻をこっちへ突き出してくれないかな」

「お尻……ですか？　なんだか恥ずかしいです」

そう言いながらも、自らドMと宣言するだけあって、ひめかは素直にソファの上に四つん這いになり、お尻をこちらに突き出してみせる。

エロティックなメイド服の裾は短くて、お尻が丸見えになる。しかもTバックのために、大事な部分がかろうじて隠れているといった感じだ。それでもやはり邪魔であることに変わりはない。

「じゃあ、今から気持ちよくしてあげるから、これはもう脱いじゃおうね」

秀介がパンティに手をかけて引っ張り下ろそうとすると、ひめかが鼻にかかった甘ったるい声で言った。

「あぁぁ……お兄様……恥ずかしい……」

「ひめかちゃんはメイドになりたいんだよね？　メイドは奉仕するのが仕事だからさ。

我慢できるよね？」

「……は……はい。我慢できます」

首筋まで赤くしながら、ひめかは言う。こういうとき、メイドに憧れているというのは好都合だ。

ひめかの気が変わらないうちにと、秀介はパンティをゆっくりと引っ張り下ろしていく。

まず、キュッとすぼまったお尻の穴が露《あらわ》になった。そこはまったく色素沈着もなく、可愛らしいひめかのイメージそのままだった。

「すごいよ、ひめかちゃん。お尻の穴が丸見えになってるよ」

「ああん、いやです。そんなところ、見ないでください……」

お尻の穴がキューッと収縮《しゅうしゅく》した。

その卑猥な動きに、ペニスがビクンと脈動した。

今の光景をもう一度見たくて、ふーっと息を吹きかけると、またお尻の穴がキューッと収縮する。

「いや……お兄様、ひめかのお尻の穴で遊ばないでください。はぁぁん……」

恥ずかしいのを我慢して、ひめかは四つん這いポーズを取りつづけている。でも、それはただ秀介に奉仕するためではない。ひめか自身が見られることで興奮するタイプだからだ。

その証拠に、さらにパンティを引っ張り下ろすと、露になったひめかの割れ目は、まだなにも愛撫を加えていないのに、もうすごいことになっていた。

肉びらが充血して分厚くなり、そのあいだからは透明な液体が大量に滲み出ているのだった。

ひめかの陰部は、ゆあのものと同じく、毛が一本も生えていない。まだ幼いということもあるだろうが、そういう家系なのかもしれない。

以前はまったく気にしたことはなかったが、今となってはツルツルのほうが断然いいような気がしてしまう。

清潔感漂うその陰部に、秀介は顔を近づけていった。荒くなった鼻息がかかり、ひめかが可愛らしい声で抗議する。

「いやです、お兄様。鼻息が……あああん、くすぐったいです。はあぁぁん……」

ひめかがお尻を左右に振ると、肉びらがピチュッという音とともに剝がれて、左右に開いていく。

その奥の充血した粘膜が剝き出しになり、さらにもっと奥で膣口が恥ずかしそうにうごめいているのまで丸見えだ。

それは見るからに気持ちよさそうだったが、同時におそろしく狭そうだ。こんなところに自分のものをいきなり突っ込んだら、ひめかの身体を傷つけてしまうかもしれない。

ゆあのときと同じように、充分にほぐしておかなければ……。

そんな思い半分、残りの半分はただ単にひめかの恥ずかしい場所を触ってみたいという思いから、秀介はそっと指で割れ目をなぞってみた。

「あああん……」

またお尻の穴がキューーッとすぼまった。それがもっと見たくて、ぬるんぬるんと何度も割れ目のあいだに指を滑らせる。

と、その数回目で、まるで導かれるようにして、指の先端がクプッとぬかるみに埋まった。

「あはっ……」

ひめかが戸惑ったような声をもらし、またお尻の穴がキューーッと収縮した。

指先を包み込む柔肉の温かさに、秀介はうっとりと目を閉じた。それは、なんとも言えない心地よい感触だ。

もっと指全体でひめかの膣粘膜を味わいたい。そんな思いから、指を強く押しつけていく。だがそこは、おそろしく狭い。

「うう……きつい……ひめかちゃんのここ……すごくきついよ」

だがそれは、半分以上は緊張のせいだろう。ゆあのときのように快感でとろけさせてやれば、なんとかペニスだって挿入できるはずだ。なにしろ、ひめかはゆあよりも背も高く、体つきも女性っぽいのだから。

秀介は指を小刻みに動かして、入念に膣壁をほぐしてやりながら、徐々に深く挿入していった。

「ひめかちゃん、リラックスして力を抜いてみて」

「は……はい……でも……」

キュッキュッとお尻の穴が動く。必死に力を抜こうとしながらも、すぐに力が入ってしまうという感じだ。

それならやはり快感でわけがわからない状態にしてやる必要がある。

秀介が指を動かせば動かすほど愛液が大量に溢れ出てきて、それがクリトリスのところに溜まり、ぽたりぽたりとソファの上に滴《したた》り落ちる。

その愛液を無駄にしないように、親指でクリトリスをこねまわしてやった。

すでに硬く勃起していたクリトリスは、秀介の指から逃れるように、ぬるんぬるんと滑り抜けていく。

「ああん、お兄様ぁ……あぁっ……あああん……」

膣の入り口とクリトリスというふたつの性感帯を刺激され、戸惑ったような声をもらしながら、ひめかがこちらに顔を向けた。

瞳がとろ〜んとして、頬が火照り、唇は半開きになっている。

そのなんとも言えない魅力的な可愛い顔が、秀介の指を第二関節まで呑み込んだ膣と、ヒクヒク動くお尻の穴といっしょに、ひとつのフレームに収まっているのだ。

秀介の興奮はさらに高まっていく。

「だいぶほぐれてきたから、もう一本ぐらいは入りそうだよ」

「え？　無理ですぅ……」

ひめかの顔に恐怖が浮かぶ。

「だけど、僕のペニスを入れたいんだったら、指二本でリハーサルしておいたほうがいいよ」

秀介は身体をずらして、ずっと勃起しつづけているペニスを見せつけた。そそり立つその姿に、ひめかが「ひっ……」と息を呑み、小さくうなずいた。

「そうですね。お兄様、よろしくお願いします」

もちろん秀介の勃起ペニスの太さは、指二本の比ではない。だけどそんなことを言ったら、ひめかを不安にさせるだけだ。

「よし。じゃあ、入れるよ」

いったん中指を引き抜き、愛液まみれのそれの横に人差し指を添え、すでにぐちょぐちょにとろけている膣口に押しつける。

二本の指がぬるりと突き刺さる。

「ああんん……」

お尻の穴がキューッと締まり、ひめかの身体にどれだけ力が入っているのか目で見てわかる。

「ダメだよ、力を抜かなきゃ。こんなにきつかったら入らないよ。奥まで受け入れてから締めるんだ」

「は……はい、お兄様……はあああぁ……」

深呼吸でもするように、ひめかが長く息を吐いた。それに合わせて膣壁が緩む。その隙に、秀介はさらに指をねじ込んだ。

第二関節ぐらいまでが簡単に埋まった。だが、それ以上深く挿入したら、処女膜を傷つけてしまう恐れがある。

ゆあの処女膜を破った瞬間の興奮を思い出した。あのときの興奮をまた味わいたい。

秀介は指二本で入り口付近を入念にほぐしつづけた。

ひめかの陰部はクチュクチュと音を立てて、次々に愛液を溢れさせる。それはクリトリスのところに溜まり、ポタポタと滴り落ちる。

もったいない。秀介は母牛の乳を吸う子牛のような体勢で、ひめかのクリトリスに食らいついた。

「はっあああああん！　お、お兄様ぁ！　ああああん！」

四つん這いポーズのまま、ひめかが身体をくねらせる。それでも秀介は、しっかりとクリトリスに食らいついたまま離さない。

クリトリスを吸いながら、流れ落ちてくる愛液を啜《すす》り、同時に指を抜き差しして、さらに大量の愛液を掻き出す。

「ああ、ダメ、お兄様。そ、それ……ああああん、気持ちよすぎます。ああああん、なんだか変な感じです。ああああん……もう……もう、ひめか、おかしくなっちゃう……あああん……」

ひめかが狂ったように叫び、腰をヒクヒクと動かしはじめる。感じているようだ。

それなら、このまま……。

秀介はいったんクリトリスから口を離して、ひめかに言う。

「いいよ。我慢しないでイッちゃえ。ひめかちゃんがイクところを僕に見せてくれよ。ほら、これが気持ちいいんだろ？」

二本の指で膣穴をほじくりながら、再びクリトリスに食らいつき、チューチュー吸い、舌先を高速で動かして舐め転がし、ときどき前歯で軽く嚙んでやった。

「ああっ……だ……ダメダメダメ……あああああん！　お兄様〜！　も……もうイク〜！　あっはあああん！」

膣壁がきつく収縮して指を押し出し、そのままひめかはソファの上にぐったりと身体を横たわらせた。

4

「イッちゃったんだね？　ひめかちゃん、僕にオマ×コをほじくられながらクリを舐められてイッちゃったんだね？」

「い……いや……そんないやらしい言い方をしないでください。はあぁぁ……恥ずかしい……」

ひめかは顔を真っ赤にして恥ずかしがってみせる。その様子が、ますます秀介を興奮させる。

さっき口の中に大量に射精したばかりだったが、秀介のペニスは自分でもあきれるほど力を漲らせていた。

「ひめかちゃんのオマ×コはもうかなりほぐれたと思うんで、今度はこれで処女を奪ってあげるよ」

秀介が下腹に力を込めてペニスをビクンビクンと動かしてみせると、ひめかは切なげな声を長くもらした。

「はあぁぁ……無理です、そんなに大きなもの……やっぱり怖いです」

「大丈夫だよ。僕に任せて」

ゆあの処女も奪ってあげたんだから安心していいよ、と言いそうになり、寸前で思いとどまった。

ゆあから聞かされているかもしれないが、よけいなことは言わないに越したことはない。

「さあ、もう一度、お尻をこっちへ向けて」

秀介は、ひめかの腰のあたりをつかんで引っ張り起こした。

「あぁぁん……」

無理とか怖いとか言いながらも、ひめかは素直にお尻を突き上げる。

「ひめかちゃん、このまま入れてもいいかな？」

「え？　後ろからですか？」

まだ処女であるひめかは、初めてのときは正常位でと思っていたのかもしれない。

それもありだ。だけど、この魅力的なお尻を見てしまった今、秀介はバックから入れたくてたまらないのだ。

それに、ひめかはドMだ。正常位よりも後背位のほうが興奮するかもしれない。

「ひめかちゃんのお尻、最高にきれいなんだ。ほら、この丸みとボリューム。それに、お尻の穴もすごくいやらしくてたまらないんだ。だから、バックから入れてもいいよね？」

鼻息を荒くしながら言うと、ひめかはあきらめたようにポツリと言った。

「お兄様がよろこんでくださるなら……どうぞ、お兄様、入れてください」

ひめかは腰を反らせて陰部を突き上げた。メイド服のスカートの裾がめくれ上がり、全裸よりもずっといやらしい。

さっき指で拡張した膣穴が、物欲しそうに涎《よだれ》を垂らしながらうごめいている。もう我慢できない。

「ああ、たまらないよ、ひめかちゃん……うう……すごくいやらしいよ」

秀介は両手でひめかの尻肉をつかみ、親指に力を込めた。

小陰唇がこれでもかと左右に広げられ、その奥の膣口が、ここに入れてくださいとばかりにぽっかりと開いている。

「ああ〜ん、お兄様……早くぅ……早くひめかの処女を奪ってください。ああ〜ん」

「う、うん、わかってるよ。今、入れてあげるからね」

両手で肉裂を広げたまま、秀介は身体を前傾させて亀頭を膣口に押しつけた。

ピチュッと愛液が押し出され、亀頭が半分ほど埋まる。もう身体を起こしても、ペニスは頭を跳ね上げることはない。

「ううっ……やっぱり、まだ狭いね」

尻肉をつかんだまま腰をグイッ、グイッと押しつけるが、亀頭の半分ほどしか入らない。

だがそれは、そこが前人未踏《ぜんじんみとう》の地であるからだけではなく、ひめかの身体が緊張しているからでもある。

お尻の穴がきつく締まっている様子から、そのことがはっきりとわかった。

「ダメだよ、ひめかちゃん。力を緩めて」

「で……でも、どうすればいいのか……」

四つん這いのまま振り返り、ひめかが困ったような顔を向ける。

処女であるひめかは、膣壁の締めつけ具合を自在に調節することなどできないのだろう。それなら……。

「お尻の穴を緩めればいいんだ。さあ」

「……こう？　これでいいですか？」

きつくすぼまっていたお尻の穴が微かに開く。そのいやらしさにペニスがズキンとうずき、また少し硬くなる。

「そ……そうだよ。その調子。そのまま緩めていてね」

腰を押しつけると、亀頭の半分ほどがぬるりと埋まった。

あともう少しだ。

いったん引き抜き、また押し込み、引き抜き、押し込み、という動きを繰り返していると、不意にカリクビまでがぬるりと埋まった。

一番太い部分が入ったのだから、あとはもう時間の問題だ。

「ひめかちゃん、痛くない？」

「……大丈夫です、お兄様。はぁぁぁ……」

声は苦しそうだ。それは痛みではなく、異物が体内に入ってくる違和感のようだ。

だがそれも、すぐに快感に変わるはずだ。

「じゃあ、動かすよ」

カリクビが出たり入ったりするように、小刻みに動かしはじめた。クプクプと愛液が鳴り、秀介のペニスに強烈な快感が襲いかかる。

「ううっ……ひめかちゃん……す……すごいよ。すごく気持ちいいよ」

初体験だといっても、もちろんひめかも気持ちいいようだ。

「ああっ……お兄様……あああん……こ……これがセックスなんですね。あああん、気持ちいいかも……はああん……」

「これはまだ先っぽだけだから、指で擦るのと変わらないよ。本当のセックスはこういうのなんだ」

秀介は押しつける力を強めた。入り口付近を入念にほぐしていたからか、巨大なペニスがぬるんと根元まで滑り込んだ。

「あっはああん……」

ひめかが頭を跳ね上げ、長い黒髪が揺れた。

同時にお尻の穴がキューッと収縮し、それに連動するように膣壁がペニスを引きちぎらんばかりにきつく締めつける。

「あっ、ううう……す……すごい……あああっ……ひめかちゃん……ん……」

ひめかの尻肉をわしづかみにして、秀介は身体をよじった。

断続的にギュッ、ギュッと締めつけてくる膣壁は、最高に気持ちいい。このまま激しく腰を振りたくなってしまう。

だけど、相手は今処女から卒業したばかりなのだ。

「うう……ひめかちゃん、大丈夫？　痛くない？」

「はあぁぁ……痛くはないです。でも、変な感じです。身体の奥で、硬いものがドクンドクンって脈打ってるんで」

ひめかは顔をこちらに向けて言う。

本当に痛みはあまりないようだ。最近の子供は成長が早いので、すでに男を受け入れる準備ができていたのだろう。

それなら遠慮なく……。

「ひめかちゃん、いっしょに気持ちよくなろうね」

秀介は本能のままに腰を前後に動かしはじめた。

「ああん……はあああん……お兄様……ああん、気持ちいい……はあああん……」

腰を打ちつけるたびに、ふたりの身体がぶつかり合ってパンパンパン……と拍手のような音が響く。

その衝撃に耐えかねたように、ひめかはグニャリとソファの上に倒れ込んでしまった。

しっかりと背後から挿入したまま、秀介はひめかの腰のあたりをつかんで引っ張り寄せ、そのまま床の上に座り込んだ。

いわゆる背面座位という体勢だ。

お尻はもう充分に堪能《たんのう》したという思いがあった。次は胸だ。

「ひめかちゃん……んん……」

背後から抱きかかえるようにしてメイド服の上から乳房をわしづかみにすると、想像以上のボリュームが手のひらに感じられた。

その弾力とやわらかさを確認するように、執拗《しつよう》に揉みしだく。

乳房に関しては、ゆあよりもかなり大きい。その乳房を揉みながら耳を、そして首筋を舐めまわす。

「ああん、お兄様……キスを……キスをしてください……」

そう言えば、まだひめかとキスをしていなかった。

その前にフェラで口内発射。そしてバックから指マン、クンニをしてエクスタシーへ導いてしまった。

順序が逆だ。でも、今までモテた経験のなかった秀介には、そのことに思い至る余裕はなかったのだ。

だけど、ひめかがそれを望んでいるなら別だ。それに秀介もひめかとキスをしたくてたまらない。

「いいよ。キスしよう！　だから、入れたままこっちを向いて」

秀介はカーペットの上に仰向けになった。

「え？　入れたまま……ですか？」

「そうだよ。メイドならできるだろ？　僕のペニスを中心にして、身体を百八十度回転させるんだ」

「……こ……こう……ああん……で……すか？　あああん……」

秀介の腰の上に座り込むようにして根元までペニスを膣の中に呑み込んだまま、ひめかは身体を回転させた。

当然、膣の奥を巨大なペニスで掻きまわされることになり、そのことによって強烈な快感が襲いかかったようだ。

身体をくねらせ、苦しげに顔を歪め、ひめかは官能の吐息をもらしている。

気持ちいいのは秀介も同じだ。

「うう……ひめかちゃん……そ……それ、すごいいよ。んんん……」

ピクンピクンとペニスが痙攣し、その動きで刺激されたひめかが、グニャリと秀介の上に倒れ込んできた。

「あっはああん……」

可愛らしい顔が、目の前に迫る。

ひめかは街を歩いていたら芸能事務所にスカウトされそうな美少女だ。

おそらく学校でも、クラス中の男子、いや学校中の男子たちから憧れの目で見つめられていることだろう。

その美少女が今、自分の上に乗り、ペニスを膣の中に根元まで呑み込んでいるのだ。

ほんの数日前までなら想像することも虚しい状況だが、今はその幸せにどっぷりと浸かりたい。

秀介は下からひめかを抱きしめて、唇を重ねた。やわらかな唇が、むにゅりと押しつけられる。

「うんん……」

ひめかの鼻息が頬をくすぐる。秀介は唇をこじ開けるようにして、ひめかの口の中に舌をねじ込んだ。

「うっぐぐ……」

ひめかが驚いたように目を開けた。ほんの数センチの距離で見つめ合う形になる。

中学二年生のひめかにとってキスというのは、唇を触れ合わせるだけの軽いものといったイメージだったのだろう。

だけど今、ふたりはもう性器でつながり合っているのだ。そんな軽いもので済むわけがない。

ひめかの戸惑いを無視して秀介が口の中を舐めまわしていると、ひめかの鼻息が荒くなってきた。

そして、自分から舌を絡め返してきた。しかも、秀介の頭を抱え込むようにして、熱烈なディープキスをつづける。

いつの間にか立場が逆転していた。秀介が責められる側になっていたのだ。

唇を離したひめかは身体を起こし、まるでベリーダンスでもするかのように腰をクネクネと動かしはじめた。

「ああ、ひめかちゃん、そ、それ、すごいよ」

「あああん、お兄様……身体が……身体が勝手に動いてしまうんです。はあああっ……気持ちいい……ああん、お兄様のオチ×チン、気持ちいいですぅ。はああん……」

最近は体育の授業でダンスが必修になっている。その成果なのだろうか、ひめかの腰の動きはおそろしく激しい。

そして、そうやって動くことによって、ペニスが膣壁でグニグニと締めつけられることになるのだ。

強烈すぎる快感に、秀介は悲鳴をあげてしまう。

「だ、ダメだよ。それ……あああ、気持ちよすぎて……ううう。ま、待って……ああ、ちょっと待って!」

だが、秀介の気持ちとは裏腹に、身体は勝手に動いてしまう。さらなる快感を求めて、下からズンズンとひめかの膣奥を突き上げてしまうのだった。

今度悲鳴をあげたのは、ひめかだった。

「ああんっ……い……いやっ……はあああん……」

快感のあまり力が入らなくなったのか、ひめかがまた秀介の上に倒れ込んでくる。それを下から抱きしめて、秀介は横にごろんと転がった。ようやく正常位の体勢になった。

キスをするのがあとまわしになり、本来なら最初にするはずの正常位がこんな順番になってしまった。

バックから突き上げるのは最高に興奮したが、可愛らしいひめかが無防備に仰向けになっていて、しかもずっぽりと自分のペニスを挿入されている様子は、たまらなく卑猥だ。

「ああ、ひめかちゃん、好きだよ。ううう……」

秀介はひめかにキスをして首筋を舐めまわしながら、シースルーのエプロンを外して乳房を剝き出しにし、乱暴に揉み、乳首を舐めまわした。

そのまま秀介は腰を前後に動かしはじめた。

今度は自分のペースで責めることができる。亀頭で膣壁のヘソ側を重点的に擦ってやると、ひめかは面白いほどに悶え狂う。

「ああん……はああん……そ……そこ、気持ちいい……あああん、お兄様、すごいです。はああっ……んん……」

「ひめかちゃん、感じてるんだね？　僕のペニスで気持ちよくなってるんだね？　ああ、最高だよ。ううう……」

腰の動きは徐々に激しくなっていく。もう自分でもセーブできない。

ふたりの身体がぶつかりあってパンパンパンと大きな音が響き、ひめかの身体がカーペットの上をずり上がっていく。

その身体をしっかりと抱きしめて、さらに激しく突き上げる。

「ああん、お兄様ぁ……はっあああん……お兄様ぁ……ああああん……」

ひめかが下からしがみつき、長い脚を秀介の腰にまわす。いわゆる『だいしゅきホールド』だ。

ひめかのような可愛らしい少女にそんなことをされて、秀介の興奮は一気に限界を超えてしまう。

「ああ、もう……もうダメだ。もう出ちゃいそうだ。だから、ひめかちゃん、脚を……脚をほどいて……」

「いやっ。お兄様、ひめかの中でイッて。あああん、お願いです、お兄様ぁ……はああん……」

「で……でも……」

困惑の声をもらしながらも、秀介の腰の動きはとまらない。限界へ向かってラストスパートがつづいていく。

「ああん……ひめかは……ひめかは中に欲しいんです。いいでしょ、お兄様。あああああん……」

ひめかのような可愛い女の子に「中に欲しい」と言われて、断れる男がいるとは思えない。

それに秀介は『だいしゅきホールド』をかけられているので、ペニスを引き抜くこともできず、かといって腰の動きを止めることもできないのだ。

もう中に出すしかない。どうせなら、仕方なくではなく、その中出しを楽しみたい。

「わ……わかったよ、ひめかちゃん。中に……中に出してあげるよ」

秀介はさらにピストン運動を激しくしていく。そして、堤防に亀裂が入るのがわかった。決壊《けっかい》するのはもう時間の問題だ。

「ああん……お兄様……あああん……ひめか……また……またイッちゃいそうです。あああん、お兄様ぁ……あああああん……」

「ううう……出る……ああああっ……で、出る出る出る……もう出るよ。あああ！　はっううう！」

力いっぱいペニスを突き刺すと、秀介はそのまま腰の動きを止めた。全身の筋肉が硬直し、ペニスが石のように硬くなる。

それが、ひめかのぬかるみの中で、身震いするようにビクン！　と震える。

と同時に、尿道を熱い体液が駆け抜けていき、可愛い妹の膣奥目がけて勢いよく迸り出た。

「あっあぁあん、ひめかもイク～！　はっああぁあぁあん！」

膣奥に受けた熱い刺激で、最後の一線を越えてしまったのだろう。ひめかも身体をピクピク震わせながらエクスタシーに昇りつめてしまう。

その官能に歪んだ顔を見下ろしながら、ドピュン！　ドピュン！　ドピュン！　と何度も射精を繰り返し、ようやくペニスがおとなしくなると、秀介はぐったりとひめかの上に身体を預けた。

「すごく気持ちよかったよ。ひめかちゃんに中出しできるなんて、まるで夢のようだ」

「んんん……お兄様……ひめかも夢を見てるみたい。あぁぁ、セックスってこんなに気持ちいいなんて……はあぁぁん……」

まるで寝起きのような声で、ひめかが言う。

こんな可愛い女の子の中に射精してしまった……本当に夢のような出来事だ。秀介はそれが夢ではないことを確認するかのように、身体を起こしてゆっくりと腰を引いた。

陰毛が一本も生えていないツルツルのオマ×コから、赤黒く充血したペニスがずるんと抜け出る。

膣口がぽっかりとペニスの形に開いている。と、その奥から白濁液がどろりと溢れ出た。

そして、その白さの中に、微かに赤いものが混じっている。

ゆあのときは愛液に混じっていて、ひめかのは精液に混じっているという違いはあったが、その両方とも破瓜の血であることは同じだ。

(あああ、俺はひめかちゃんの処女を奪ったんだ……)

そう心の中でつぶやくと、全身が心地よく痺れて、妹を愛おしく思う気持ちがさらに強くなった。

「ひめかちゃん、好きだよ」

ひめかに覆い被さり、唇を重ねる。

「んんっ……お兄様……ああん、ひめかもお兄様のことが大好きです。うぐぐ……」

ひめかもキスを返してきて、さらには舌をねじ込み、覚えたばかりのディープキスで秀介を気持ちよくしてくれるのだった。

第五章　テニスウェアで野外プレイ

1

ゆあと最初に一線を越えてしまってから一週間が経った。そのあいだに、ひめかとも関係を結び、秀介はまさに夢のような日々を過ごしていた。

そして今日は健康的に、ゆあを相手にテニスで汗を流していた。

「ほら、しっかり走れ！　ボールに食らいつくんだ！」

テニスコートの反対側で黄色いボールを追って走るゆあに向かって、秀介は大声で叫んだ。

必死にボールを追うゆあだが、結局追いつけずに空振りしてしまう。

「あぁ〜ん、お兄ちゃん、スパルタすぎだよ〜」

リストバンドで額《ひたい》の汗を拭いながら、ゆあが頬をふくらませた。

今日は土曜日で、学校は休みだ。ゆあが所属しているテニス部の練習も休みらしい。あまり真剣にやってるクラブではないようだ。

秀介が中学時代に所属していたテニス部は、元日以外は毎日練習があった。おまけに試験期間以外は朝練も毎日あったのだ。その甲斐《かい》もあり、秀介の学年は全国大会で優勝した。

もちろん秀介は補欠で、練習は休みがちだったのだが……。

ゆあが所属しているテニス部は全国優勝など目指したりせず、みんなでテニスを楽しみましょうといった感じらしい。だから、万年一回戦負けだということだ。

そんな話をゆあがしてきたので、秀介は自分も中学高校とテニス部だったことと、中学のときには団体戦で（同期のやつらが）全国優勝したことがあると自慢げに話してやったのだった。

「お兄ちゃん、すご〜い！ ゆあにテニスを教えてよ」

素直な妹は驚きに目を丸くして、そんなことを言ってきた。

もちろん秀介には断る理由はない。妹にいいところを見せられるのだし、中学時代に女子テニス部員と楽しく会話をしたこともない暗い過去に復讐するようなつもりで、個人コーチを承諾したのだった。

家の近所にかなり大きなスポーツ公園がある。そこには野球場やサッカー場などがあり、市民なら事前に申請すれば自由に使うことができる。

そのスポーツ公園の一番端にテニスコートがあった。幸いにも誰も予約していなかったので、あっさり使うことができた。

秀介はハーフパンツにTシャツという寝間着のような服装だったが、ゆあは張り切ってテニスウェアを身に着けてきた。

女子中学生らしい純白のテニスウェアだ。特に飾りもない分、ゆあという素材のフレッシュさが際立たされる。

先ほどから走るたびに超ミニのスコートがめくれ上がり、その下に穿いた白いアンダースコートがチラチラと見える。

そして、そこから伸びた剝き出しの太腿。それは汗に濡れていて、初夏の日差しをキラキラと反射している。

若さって素晴らしい！ と思わず叫びたくなる眺めだ。

もちろん、そんな健康的なテニス少女の姿を見るだけでも充分に欲情できたが、どうせならと秀介は悪巧《わるだく》みを考えて、それを実行していた。

「それ！　ああ〜ん、空振りだ〜」

秀介が打ったボールを空振りしたゆあが、ぺろりと舌を出した。可愛い。可愛くてたまらないが、可愛すぎて逆にお仕置きをしたくなる。

ポケットの中に手を入れて、秀介はスイッチを操作した。

「あんっ……」

ゆあが内腿を閉じて、お尻を微かに突き出すような恰好になった。

「真面目にやらないと、罰を与えることになるぞ！」

「そんな〜。変なのが入ってるから、うまく走れないんだよ。あっはああん……」

ゆあが今にもしゃがみ込みそうになった。秀介が親指で目盛りをさらに押し上げたのだ。

純白のアンダースコートに包まれたゆあの股間には、リモコンバイブが挿入されていた。

しかもそれは、鈎状《かぎ》になっていて、中と外、つまりGスポットとクリトリスを同時に刺激することができる優れものなのだ。

ネットの通販で購入したものだが、なかなかいい買い物ができたと思っていた。調子にのってカスタマーレビューで☆四つをつけたほどだった。
☆ひとつマイナスなのは、完全に膣の中に入れてしまうのであればともかく、クリトリスを刺激する部分は外に出ているために、音がけっこう響くからだった。
街の中でリモコンプレイをして遊ぶのは難しそうだが、このテニスコートには他に誰もいないので、気兼ねなくレベルを上げることができる。

「ああ～ん、ダメ～。はあぁ～ん。お兄ちゃん、ゆあのあそこで遊ばないでぇ。はああん……」

目盛りを上げたり下げたりしてやると、ゆあはそこがまるでベッドの上であるかのように喘ぎ声をあげた。

「おい、ゆあちゃん。いちおう外なんだから、声は控えめにね」

「あっ、ごめんなさい……」

ゆあは周囲を見まわして、顔を赤らめた。

遠くのほうで小学生たちがサッカーの練習をしていたし、犬の散歩をしているお爺さんや、自転車で近くを通っていくオバサンなど、けっこう人の目はあるのだ。

そのことが、ゆあの羞恥心を刺激するらしい。そうやって恥ずかしがってくれたほうが、この遊びはより楽しくなるのだ。

「ほら、ゆあちゃん。打ち返して」

秀介は山なりのボールを、コートの端に向けて打った。

「あぁん、お兄ちゃんの意地悪ぅ」

ゆあがボールを追って走るが、その走り方はぎこちない。振動させていなくても、クリトリスに当たっている部分が左右に動いて刺激するためだ。

「あっはあああん……」

ゆあがよろけて、その場に倒れ込んだ。とっさにまわりを気にする。天真爛漫《てんしんらんまん》なゆあが恥辱に顔を赤くしている様子はたまらなくそそる。

まさか、ゆあにこんな卑猥なプレイをさせることができるようになるとは想像したこともなかった。

でも、一度肉体関係を結んでしまうと、もうゆあは秀介の言いなりだった。どんな卑猥な要求でも、絶対に断らないのだ。

いや、本当はゆあ自身が、もっと卑猥なことをしたいと思っていたのかもしれない。

若い男の頭の中はエロいことでいっぱいだったが、女子中学生の頭の中もやはりエロい妄想で満タンなのだ。その妄想を秀介が実現化させてやっているのだった。

どちらにしても、このテニス、楽しくてしょうがない！

「ゆあちゃん、立て！　そんなことでへばってたらレギュラーになれないぞ」

そう声をかけながら、ポケットの中でコントローラーを操作する。

ピクンとゆあのお尻が震えて、ぎこちない動きで立ち上がった。まるでリモコンで動く人形のようだ。

ゆあの顔は火照り、呼吸が荒く、異常なほどの色気を漂わせている。もうそろそろ限界な様子だ。それなら最後の仕上げといこう。

「ゆあちゃん、ちょっといいかな」

秀介がネットに歩み寄ると、ゆあも怪訝そうな顔をしながら駆け寄ってきた。ネット越しに耳打ちする。

「テニスが上達するには身体の芯を意識するのが大切なんだ」

「そうなんだぁ。お兄ちゃん、やっぱりすごいね」

「で、そのためにはギュッと締めながら走りまわるといいんだ」

「締める？　なにを？」

「オマ×コだよ。だから、アンダースコートとパンティを脱いで」

「えっ……そんなことしたら、あれが抜けちゃうよ」

「だから、締めるんだよ。抜けないように締めながら、テニスをするんだ。そうすることで上達して、ゆあちゃんもレギュラーになれるんだ。さあ、早く脱ぎなさい」

キリッとした表情で秀介がそう命令すると、ゆあは顔を真っ赤にしながらも「うん、わかったよ、お兄ちゃん」と素直に返事をした。

ゆあは周囲を見まわした。遠くのほうでは野球をしたりサッカーをしたりしていたが、テニスコートのまわりには誰もいない。それに高い金網で囲まれているために、遠くからはよく見えないはずだ。

それでもゆあは視線を気にしながら、すばやくアンダースコートと白いパンティを脱ぎ、タオルで包んでベンチに置いた。

「ちょっとスコートをめくって見せてみて。バイブがちゃんと入ってるか確認のためにね」

「……こう？」

ゆあは秀介のほうを向いて、ペロンとスコートをめくってみせる。

「おおっ……」

思わず声が出てしまった。

リモコンバイブの竿部分はゆあの体内に埋まっていたが、鈎状になった部分は外に出ていてクリトリスに押しつけられている。

無毛の割れ目だけが隠れていて、まるで極小のバタフライをつけているかのようだ。

「いやだ、恥ずかしいよ。そんなに見ないで」

ゆあがスコートを下ろしてしまう。まあ、いい。バッチリ見えるよりも、チラリズムこそがいやらしいのだ。

「よし、それが抜け出ないように、オマ×コを締めながらテニスをするんだ。さっきまでは、パンティとアンスコで押さえつけて抜け出ないようになっていたかもしれないけど、今度はそうはいかないぞ。入り口付近だけをきつく締めつけて、奥は力を抜きつづけるんだ。できるか？」

「そんなの、わかんないよ～」

ゆあが不満げに頬をふくらませる。

こんな可愛い女の子が、自分の思いどおりのエロいことをしてくれるということがうれしくてたまらなくて、秀介は顔にだらしない笑みが浮かんできそうになるのを必死に堪《こら》えて言った。

「まあ、いい。やってみればわかるさ。ほら」

打ち返しやすい場所に向けて、緩いボールを打ってやった。

「あっ、ふんん……」

ゆあは打ち返したのと同時に、奇妙な具合に腰を前に突き出した。抜け出そうになったのを、慌てて締めつけたのだろう。

「いいぞ、ゆあちゃん。その調子でがんばって」

また、ゆあのすぐ近くに緩いボールを返す。

「あっ、はんん〜」

ゆあが、へっぴり腰で打ち返す。

「なかなかやるじゃないか」

「これぐらい平気だよ〜」

すぐに調子に乗るゆあが可愛いが、その分、意地悪をしたくなる。好きな女の子を苛《いじ》めたくなるガキの心理だ。

秀介はすばやくポケットの中に手を入れてスイッチを入れた。

ピクンとゆあの身体が震える。膣の中とクリトリスをブルブルと刺激されているはずだ。

「よし、これはどうだ」

少し離れた場所に山なりのボールを打ってやると、ゆあが慌ててそちらに駆け出す。

スコートがめくれて、お尻が丸見えになった。

「あっはあああん……いや、お兄ちゃん……あああん……これ、変な感じぃ……」

それでもなんとかゆあはボールを打ち返すが、もう顔がセックスの最中、しかもクライマックス直前といった感じにとろけてしまっていた。

それならイク瞬間が見たい。この太陽の下、純白のテニスウェア姿のままイク妹の姿を見たい。

「ほら、これはどうだ？」

秀介は、ゆあの頭上をかろうじて越える球を打ち返した。

「あああん」

ゆあが背伸びしてラケットを上に伸ばすが、背が低いのでギリギリ届かない。背後に飛んでいくボールを、くるりと後ろを向いて追いかけようとした瞬間、ゆあの身体が硬直し、つまずくようにして両手両膝をついた。

秀介のほうに向けて、四つん這いでお尻を突き上げる形になった。スコートは短すぎて、なにも穿いていないのと同じだ。

そして、剝き出しの尻——股間にはリモコンバイブがしっかりと挿入されているのが見える。

と思うと、ゆあがヒクヒクとお尻を震わせて、次の瞬間、ブフォッという音とともに、そのバイブが勢いよく飛び出した。

「あっはあぁぁん……」

ゆあはエクスタシーへと昇りつめたのだった。

2

「ゆあちゃん、大丈夫か？」

ネットを飛び越えて、秀介はゆあに駆け寄った。ゆあはまだ四つん這いポーズのまま放心状態だ。

そして、その膣はバイブの形に広がってしまっていた。ねっとりとした愛液にまみれた穴の中が、太陽の明るい日差しに照らされている。

卑猥すぎる眺めに、秀介は思わず息を呑んだ。

「あぁぁ……お兄ちゃん……ダメだよ。このトレーニング、ゆあにはきつすぎるよぉ」

うっとりとした表情を、ゆあが向けてくる。

エクスタシーに昇りつめたばかりで意識が朦朧《もうろう》としていて、自分がどれほど卑猥なポーズをとっているのか理解していないようだ。

そのとき、遠くのほうでフリスビーをして遊んでいた若者たちが、なにか異常があったのではないかといったふうに、こちらを見ているのに気がついた。

陰部を剝き出しにしているゆあを見られたら大変だ。なにしろ、ゆあは中学一年生なのだ。

ひょっとしたら警察を呼ばれてしまうかもしれない。兄だと言っても無駄だろう。いや、兄だったら、よけいにややこしいことになってしまうかもしれない。

「ゆあちゃん、とりあえず起きて」

愛液と土にまみれたリモコンバイブを急いで拾い上げてシャツの下に入れて隠すと、ゆあの腋の下に手を入れて引っ張り起こした。

そして、遠くから様子を窺っている人たちに聞こえるように、わざとらしく大声で叫ぶ。

「ゆあちゃん、これは熱中症だよ～！　ごめんね、無理をさせて～！　少し涼しい場所で休んだほうがいいな～！　さあ、あっちの木陰《こかげ》に行こう～！」

なんだ、熱中症かといったふうに、みんなの注目が薄れるのがわかった。

だけど、木陰に連れていくと言った手前、とりあえずそちらに向かわないわけにはいかない。

スポーツ公園のまわりは、家や店などの建物はなく、手つかずの雑木林《ぞうきばやし》が広がっていた。

ゆあをお姫様だっこしてその雑木林に足を踏み入れると、樹木が邪魔で、もうスポーツ公園からの視線を気にする必要はなくなった。

「うっ……」

秀介の口から呻き声がもれた。

「お兄ちゃん、すっごく硬くなってるじゃないの」

お姫様だっこされながら、ゆあが秀介の股間をつかんだのだ。そして、その手を揉み揉みと動かしはじめる。

「や……やめろ。気持ちよすぎて我慢できなくなっちゃうじゃないか」

秀介は身体に力が入らなくなり、ゆあをその場に下ろした。

「え～っ、ゆあにあんなにエッチなことをさせといて、なにを常識人っぽいことを言ってるの？　我慢なんかしなくていいじゃないの。ゆあのこのテニスウェア姿、可愛いでしょ？」

ゆあが不満げに言い、その場でテニスのレシーブの動きをしてみせる。スコートがめくれて、無毛の割れ目がチラリと見える。

ゆあの言うとおりだ。我慢などする必要もない。

「ゆあちゃん、可愛いよ！」

秀介はハーフパンツを足首まで下ろして勃起したペニスを剝き出しにした。

それはもう真っ赤に充血し、ピクピクと細かく震えている。先端からは先走りの汁が滲み出ていた。

「お兄ちゃん、ゆあのこの構え、どう？　レギュラーになれそう？」

ゆあが中腰になって、秀介に向けてお尻を突き出し、ラケットを持たずにテニスの素振りをしてみせる。

チラリチラリと見える、お尻の白さがたまらない。

「ダメだな。もっと膝を曲げて、お尻をグッと突き出して」

「こう？」

さらに、ゆあがお尻を突き出す。もうスコートの裾から、お尻の穴と陰部の割れ目が丸見えになっている。

「そうだな。そのまま素振りをつづけてみて」

ゆあは素直に素振りをしてみせる。それに合わせて可愛らしいお尻が左右に振られ、陰部の割れ目がヌルヌルと上下に擦れて愛液がどんどん滲み出てくる。

もっとよく見たくて、秀介は自然と前屈みになってしまう。

「あああん、この体勢、けっこうつらいよ〜」

「がんばれ、ゆあちゃん。すっごくエロいよ。あああ、もう我慢できないよ。ゆあちゃん、入れるよ。いいね？」

ゆあの背後から秀介は身体を密着させた。亀頭を押しつけると、簡単にぬるりと根元まで滑り込んでしまった。

「あっはああん……お……お兄ちゃんのオチ×チンが入っちゃった。はあぁぁ……」

ゆあが可愛らしい喘ぎ声をもらす。

「ううっ……ゆあちゃん、そのまま素振りをつづけて。あう……中腰になって足腰に力が入ってるからか、いつも以上に狭くて気持ちいいよ。ううう……」

「はあぁん……お兄ちゃん……ゆあ、がんばるよ。はあぁぁん……」

ゆあは素直に素振りをつづける。そのたびに膣がギュッ、ギュッとペニスをきつく締めつける。

それだけでもすぐに射精してしまいそうなほど気持ちいいが、自分だけが気持ちよくなるわけにはいかない。

秀介は、ゆあのお尻を両手で抱えるようにつかむと、腰を前後に動かしはじめた。巨大なペニスがヌルヌルと抜け出てきて、またヌルヌルと埋まっていく。

「あぁん、ダメぇ、お兄ちゃん……んんん……それ、気持ちよすぎるよぉ。ああ……」

ゆあはもう素振りをする余裕はなく、両手を膝に置いてお尻を突き出しつづけている。スコートが腰の位置までめくれて、ゆあのお尻の穴も丸見えだ。

そこは抜き差しされるペニスから受ける快感のほどを秀介に伝えようとしているかのように、ヒクヒクと収縮を繰り返している。

それを見ながら腰を振っていると、すぐに射精の予感が身体の中に満ちてくる。

だが、このまま射精してしまうのはもったいない。初めて外でするのだから、もう少し楽しみたい。

秀介が腰を引くと、ブホッと滑稽《こっけい》な音をさせながらペニスがゆあの膣から抜け出て、亀頭を勢いよく跳ね上げた。

「あああん、いやぁ……恥ずかしいぃ……」

快感と同時に、自分の陰部からもれた音が恥ずかしかったのだろう、ゆあはその場にしゃがみ込んでしまった。

「ほら、ゆあちゃん、こっちを向いて。苦しいときにがんばれるかどうかが勝負の分かれ目なんだよ。こんなとき、どうすればいいのか自分で考えてみて」

秀介は愛液まみれのペニスをビクンビクンと動かしてみせる。

「うん、お兄ちゃん、ゆあ、がんばるよ」

ゆあはペニスを右手でつかみ、先端を自分のほうに引き倒して口に咥えた。小さな口がペニスで完全に塞がれてしまう。

苦しげに眉間に皺を寄せながらも、ゆあは首を前後に動かしはじめた。

膣とはまた違った気持ちよさのあるゆあの口腔で擦られて、秀介のペニスが快感に痺れる。

しかも、視覚から受ける快感がすごい。

中学一年生にしても幼いほうであるゆあが、一生懸命ペニスをしゃぶっている様子は禁断すぎて、ペニスは痛いほどに勃起してしまう。

「ううっ……ゆあちゃん、フェラがすごく上手になったね。あああ、気持ちいいよ」

秀介が頭を撫でてやると、ゆあはペニスを咥えたまま微笑み、さらに首の動きを激しくしていく。

ゆあはペニスをしゃぶりながらジュルジュルと唾液を啜るが、啜りきれなかった分がテニスウェアの胸元に滴り落ちる。

「ゆあちゃん、フェラはもういいよ。さあ、立って。ゆあちゃんばっかりにトレーニングさせてるのは悪いから、僕も少し足腰を鍛えてみるよ」

「え？　お兄ちゃん、それ、どういう意味？」

不思議そうにしているゆあを正面から抱きしめて、彼女の両脚を抱えるようして持ち上げる。

「こういう意味さ」

抱き上げたまま、秀介は硬いペニスで妹の膣を刺し貫いた。駅弁ファックの体勢だ。

「あっはあんんん……」

落ちそうになる恐怖心からか、ゆあが腕を秀介の首の後ろにまわして、ギュッとしがみついてくる。

腕に力を込められるのと同時に、膣壁がペニスをきつく締めつける。それは予想していた以上の快感だった。

秀介はゆあを抱え上げたまま、草むらの中を歩きはじめた。

足を一歩踏み出すごとに、ゆあの身体が上下に揺れ、膣奥深くペニスが突き刺さる。

「ああん……お……お兄ちゃん……あああん、これ……すごすぎるよぉ」

ゆあが泣きそうになりながら、喘ぎ声をもらす。

秀介も、駅弁ファックをしたのは初めてだ。

以前に付き合っていた同級生の女性はかなりグラマラスだったので、こんなふうに持ち上げて刺し貫くのは秀介には無理だった。

でも、ゆあは華奢《きゃしゃ》なのでなんとか駅弁ファックもできるのではないかと思って試してみたのだが、重さは大丈夫でも、気持ちよさが想像以上だった。

それに、ゆあが落とされまいと、ギュッとしがみついているのがまた気持ちいい。

草むらの中を一周歩きまわる頃には、もう秀介のペニスは爆発寸前というぐらい力を漲らせていた。

「ううっ……ゆあちゃん、気持ちいいよぉ。ううう……」

「ああっ……ダメダメダメ……ああん、お兄ちゃん……んんん……ゆあ、もうイッちゃうよぉ」

「いいよ。我慢しないでイッちゃいな。ほら、ほら」

わざと上下に揺らしてやる。体重がかかる分、ペニスが子宮口を強く刺激し、それがゆあを絶頂へ導く。

「ああ、いや……あああん……イク……イッちゃう！　あうう！　はっあああん！」

　ゆあがしがみついたまま、苦しげに喘ぎ声をあげる。と同時に膣壁がペニスを引きちぎらんばかりにきつく締めつける
「ダメだよ、ゆあちゃん。そ……そんなにきつく締めつけたら、ぼ、僕ももう……」

　駅弁ファックで深くつながり合ったまま、秀介は全身を硬直させた。中でも一番硬くなったペニスが、ゆあのやわらかな媚肉の中でビクン！　と脈動し、熱い精液を勢いよく迸らせる。

　その刺激を幼い子宮に感じたゆあが、また立てつづけに絶頂に昇りつめる。

「ああん、お兄ちゃんんん！　またイッちゃううううう！　あっふんんん！」

　二度目のエクスタシーで半失神状態になったゆあは、もうしがみついていることもできなくて、そのままずり落ちそうになる。

　射精したばかりで足腰に力が入らない秀介も、それを支えることはできない。なんとか怪我をさせないように、ゆあを茂みの上にそっと下ろすと、ずるんとペニスが抜け出た。

　ぽっかり開いた膣口から白濁液がどろりと溢れ出て、青々した草の上に落ちた。

「ゆあちゃん、最高だったよ」

放心状態のゆあに向かって、秀介は満足げに言った。

そのとき、人の気配がした。

「なんか変な声が聞こえなかったか？」

「うん、聞こえたわ。苦しそうな呻き声だった。誰か怪我でもしてるんじゃないかしら」

そんなことを話しながら、こちらに近づいてくる。

こんな草むらの中に女子中学生とふたりでいるところを見られたら、大騒ぎになってしまうかもしれない。

秀介は大慌てでズボンを穿き、ポケットに入れていた予備のテニスボールをとっさにつかみ出した。そしてそれを右手に持って突き上げるようにして立ち上がり、大声で叫んだ。

「あった！　ボールがあった！」

すぐ近くまで来ていた中年の男女——散歩でもしていたのだろう——が驚いて尻餅をついた。

「あっ、大丈夫ですか？　驚かしちゃったみたいですみません。テニスをやってたらボールが草むらの中に入っちゃって捜してたんです。おい、ゆあちゃん、ボールはあったからコートへ戻るよ」

まだ少し放心状態のゆあに声をかけてテニスコートまで戻った。

なんとかごまかせた、とほっとしてゆあを見ると、スコートの後ろがめくれ返り、お尻が丸出しになっていた。

ひょっとして見られたかも……。

「ヤバイ！　帰るよ！」

秀介はまだボーッとしているゆあを急《せ》かして、大急ぎでテニスコートから退散した。

第六章　顔面騎乗でおねだり射精

1

　可愛い妹であるゆあと、リモコンバイブを使ったプレイをしながらのテニス。そのあと、駅弁ファックでも体力を使った。

　久しぶりに強い日差しを浴びたということもあり、秀介はもうクタクタだった。

　でも、ゆあはあきれるほど元気で、帰り道でメールが届くと「晩ご飯までには帰るから、お姉ちゃんにそう言っておいて」と言って友だちのところに行ってしまった。

　あんな激しい運動とセックスをしても力が有り余っているなんて、やっぱり中学生はすごい。

半分あきれながら帰宅した秀介は、シャワーを浴びると猛烈な眠気に襲われた。

少し寝ようかと思ってベッドに横になって目を閉じると、すぐに深い眠りに落ちてしまった。

「……んん？」

唇に温かくてやわらかくてヌルヌルしたものが押しつけられているのを感じて、秀介は眠りの中から引きずり出された。

ただ、部屋の中がまぶしくて、目を開けることができない。

「お兄様、目が覚めましたか？」

ひめかの声だ。では、ひめかがキスで秀介を起こしたのだろうか？

だが、今もまだ、温かくてやわらかくてヌルヌルしたものが唇に触れたままだ。キスをしながらしゃべることはできないだろう。

(じゃあ、俺の唇に触れているのはなんなんだ?)

秀介は思いきって目を開けてみた。

目の前にはキュッとすぼまったアナル！　そして、秀介の唇に押しつけられているのは、唇は唇でも陰唇だ。

ひめかがしゃがみ込んで、剝き出しの陰部を秀介の唇に押しつけているのだった。

まだ夢を見ているのだろうか？　混乱している秀介をさらに挑発するように、ひめかは陰部を押しつけたまま腰をくねらせる。

「あああん、お兄様ぁ……あああ……気持ちいいです……」

「なっ……なぶぶぶ……」

無理に声を出そうとすると、ひめかの肉びらがブルブルと震えた。その刺激で快感を覚えたのか、ひめかがベッドに倒れ込む。

「はっあああん……」

秀介が身体を起こしてよく見ると、ひめかはいつものメイド服姿だったが、パンティだけは脱いでいて、陰部とお尻は丸出しなのだった。

「ひ……ひめかちゃん、なにをしてるんだ？」

思わず大きな声が出てしまった。

「ごめんなさい、お兄様。でも、今日、ひとりでずっと勉強していたら、なんだかすごくムラムラしちゃって……」

ゆあとテニスをしているあいだ、ひめかは学校の宿題があるからとひとりで部屋にこもっていたのだ。

ゆあにもひめかにも、もうひとりの関係は伝えていない。なんとなく言い出しにくいのだ。ふたりからも、なにも訊ねられないし、なにも言われない。

おそらく、ふたりのあいだでは情報を共有しているはずだと思うのだが、女心はわからない。

下手に嫉妬されて、この夢のような関係が壊れるのが怖くて、秀介は自分からはなにも言わないようにしていた。

それでも秀介の性癖を知っているひめかは、きっとテニスと言っても秀介がまともなプレイをするわけがない、きっと妹になにか卑猥なことをさせているはずだと想像して興奮していたようだ。

秀介は、ふたりの妹に差をつけてはいけないということだけは自分に戒《いまし》めていた。だから、ゆあと楽しんだあとは、ひめかも楽しませてあげなければいけない。

しかも、あの恥ずかしがり屋のひめかが、自分からこんないやらしい起こし方をしてくれたのだ。

実は一度、顔面騎乗位をしてみたいと言ったことがあったが、そのとき、ひめかは「それは恥ずかしすぎます」と頑《かたく》なに拒否したのだった。

それなのに秀介をよろこばせようと、こんなことをしてくれた。ひめかの気持ちがうれしくてたまらない。

秀介はすばやく机の上の電子時計を見た。時間はまだ午後四時だ。ゆあは晩ご飯までには帰ると言っていたから、あと二時間ぐらいは大丈夫だろう。

ひめかをこんなにエッチな女の子にしてしまったのは自分なのだ。その責任を取らなければいけない。

というか、こんな刺激的な目覚め方をして、そのままなにもなかったように過ごすなんてできそうもない。

ひめかはベッドに座り込んで、自分がした卑猥な行為を反省するように顔を赤らめている。

そんなひめかに秀介は言った。

「ひめかちゃん、もう一回、さっきのをしてくれないか?」

「えっ? でも……」

秀介が眠っていたから、それほど恥ずかしさを感じずにできたのかもしれないが、こうして改まってするとなるとかなり恥ずかしいのだろう。

でも、押せばまたしてくれるはずだ。なにしろ、ひめかはドMなのだから。

「頼むよ。僕がしてほしいって前から言ってたからしてくれたんだろ? そんなひめかちゃんの気持ちがすごくうれしいんだ。ほら、見てよ。もうこんなに硬くなってるんだよ」

秀介はベッドに仰向けになったまま、ズボンとボクサーパンツを脱ぎ捨てた。

下腹部に大木のようなペニスが横たわっている。今のこの状況に興奮し、パンパンにふくらんでいるのだ。

それを見て、ひめかが息を呑んだ。

「はあぁ……お兄様、すごい……」

昼間、テニスコートの横の林の中で、ゆあの膣奥に大量に射精したが、一眠りしたあいだにもう完全に体力を回復していた。

それに目覚めが刺激的すぎた。あんなことをされて勃起しないのは男ではない。

「ね、ひめかちゃん、いいだろ？　僕の顔を跨いで」

秀介がすがるように見つめると、ひめかがコクンと小さくうなずいた。

「わかりました。お兄様がそんなに望むなら」

頬を赤らめながらベッドの上に立ち上がり、秀介の足下のほうを向いて顔を跨いでくれた。

「おおお……」

思わず声がもれてしまう。ひめかのスカートの中が丸見えなのだ。しかも、股間はなににも覆われてはいない。

とはいえ、そこは暗くてよく見えない。でも心配することはない。ひめかはこれから秀介の顔の上に座ってくれるのだから。

「さあ、ひめかちゃん、スカートをめくり上げて、ゆっくり腰を下ろしてきて」

「……スカートを？」

考え込むような間があったが、ひめかは言われるままメイド服の裾をめくり上げた。

「ひめかちゃん……ううう……興奮しちゃうよ」

仰向けに横たわった秀介の顔のちょうど真上に、ひめかの股間がある。

でも、ひめかは脚を伸ばして立っているため、陰部の割れ目からお尻の割れ目まで一本の線になってしまっている。

それはそれで卑猥だが、もっと卑猥なものを見たい。

「ひめかちゃん、早く。早く僕の顔の上にしゃがみ込んできてよ」

秀介が催促すると、ひめかは悲しげにかぶりを振った。

「はあぁ……お兄様、やっぱりこれ、恥ずかしすぎて……」

「恥ずかしいからいいんじゃないか。恥ずかしがってるときのひめかちゃん、最高に可愛いんだ。だから、僕をよろこばせてよ。ね、僕のために、お願いだから」

「お兄様のため……？」

「そうだよ。僕のためだ。愛する兄のためだ。ほら、早く」

ひめかを急かすように、秀介はペニスをビクンビクンと動かしてみせた。

「はあぁぁん、なんていやらしい動きなの。あぁぁ……」

「そうだよ。僕がこんなにいやらしいんだから、ひめかちゃんも遠慮しないで、いやらしくなっちゃっていいんだよ」

筋が通っているのかいないのかわからないが、必死になってお願いすると、ひめかの気持ちは徐々に固まってきたようだ。

「わかりました。でも、こんなエッチなことをするひめかのことを軽蔑しないでくださいね」

そう言うと、ひめかはメイド服のスカートをめくり上げ、ゆっくりと腰を下ろしてきた。

「あああ、すごい……」

ひめかのお尻が、グイ～ッと迫ってくる。秀介はなにひとつ見逃すまいと、目を見開いた。

尻肉が左右に広がり、アナルが丸見えになる、少し遅れて、小陰唇がピチュッという音とともに剝がれ、その奥までが秀介の目に飛び込んできた。

ヒクヒクうごめく膣口は、すでに愛液を溢れさせている。

「ううっ……すごくきれいだよ。ひめかちゃんのオマ×コとお尻……すごくきれいでエロくて、たまらないよ」

「あああぁん、お兄様ぁ……あああん、恥ずかしいぃ……」

恥ずかしいと言いながらも、ひめかはスカートをたくし上げてお尻を剝き出しにしたまま、さらに腰を下ろしてくる。

まるで和式トイレで用を足すときのようなポーズだ。そして、秀介が和式便器だった。

もしも来世でこんなに美しい少女が使う便器になれるなら、よろこんでその運命を受け入れるだろう。

この変態的な状況に、秀介は猛烈に興奮してしまう。そして、興奮しているのはひめかも同じだ。

パックリ開いた膣口から、新しい愛液が次々に湧き出てきて、それがポタポタと秀介の口元に滴り落ちるのだった。

ひめかがよろこんでくれているのなら、もっと卑猥なことをしてやりたい。

迫り来るひめかの陰部を見ながら、秀介は舌を伸ばし、それをレロレロと動かしてみせた。

「いやっ……それ、いやらしすぎます……あああああん……」

股のあいだをのぞき込むようにして秀介の舌の動きを見たひめかが、恥ずかしそうに腰をくねらせる。

「ひめかちゃん、ここに……ここにクリトリスを押し当てて。舐めて気持ちよくしてあげるから。ほら」

そう言うと、秀介はまた舌を長く伸ばしてレロレロと動かしはじめた。

「あぁぁ……いや……あああん……」

切なげに声をもらしながらも、ひめかはゆっくりと腰を下ろしてくる。

しかも、自分から狙いを定めて、秀介の舌先にクリトリスをピンポイントで押しつけてくるのだ。

「あっはああん！」

舌先がクリトリスをぬるんと舐めた瞬間、ひめかはピクンと腰を震わせた。と同時に腰を上げてしまう。

でも秀介はなにも言わない。ただ同じように舌を動かしつづけるだけだ。ひめかの今度は腰を上げたりしない。

でも、意思を尊重したかったからだ。

ハアハアと苦しげな呼吸をしながら、またひめかは腰を下ろしてくる。

「あっはあぁん……」

舌がクリトリスに触れると、ひめかはまた切なげな声を張り上げた。でも、今度は
腰を上げたりしない。

それどころか、さらに強く舌にクリトリスを押しつけてくるのだった。

「はああん……あっあああん……ふぅんんん……」

奇妙な声をもらしながら、秀介の舌愛撫をクリトリスに受けつづける。

秀介の目の前には、ひめかのお尻が迫り、舌の動きに合わせるように、アナルがすぼまったり緩んだりを繰り返す。

(あああ、エロいよ。美少女のこんな姿を見られるなんて最高すぎる。ああ、ひめかちゃん、もっと気持ちよくしてあげるからね)

秀介は舌の動きをさらに激しくした。舌を尖らせて、チロチロとくすぐるようにクリトリスを舐めてやる。

「あああっ……お兄ちゃん、ダメぇ……あああん、気持ちよすぎるぅ……」

ひめかは足腰に力が入らなくなったのか、秀介の顔に完全に座り込んでしまう。

「うっぐぐ……」

秀介は膣の中に舌をねじ込んで、ディープキスでもするかのようにクチュクチュと中を舐めまわしはじめた。

「ああ、ダメ、お兄様……あああん……そ……それ、変な感じです。あああん……」

苦しげに言いながらも、ひめかは腰を上げようとはしない。それどころか秀介の顔に陰部をグリグリと押しつけて、さらなる快感を求める。

それならと、秀介は両手で尻肉をつかんでグイッと力を込めて左右に開き、奥の奥まで舐めまわしてやる。

「あああ、いや……あああん……お兄様……あああああん……ダメ、ダメ、ダメ……」

ひめかはヒクヒクと腰を震わせ、秀介の口の中に愛液が大量に流れ落ちてくる。

もう一押しだ。やっぱりとどめはここだろう。秀介はクリトリスに食らいついた。

「あっはぁぁん……いや、ダメ、お兄様。あああんっ……いやいやいや……あああっ……そんなことされたら、ひめか……イッちゃう……もうイッちゃうぅ」

ひめかが狂ったように身体をくねらせるが、秀介が下から尻肉をつかんでいるために起き上がることも、クリ舐めから逃れることもできない。

秀介はかまわずクリトリスを舐めしゃぶりつづける。

硬くなったクリトリスはコリコリしていて、舐め甲斐がある。いつまでも舐めていたい気分になる。だが、そろそろとどめを刺してやらないと、ひめかはおかしくなってしまいそうだ。

舌からぬるんぬるんと逃げまわるクリトリスを、秀介は前歯で軽く嚙んでやった。

それで決まりだ。

「あっはあああん!」

ひめかが秀介の顔の上に座ったまま身体を硬直させ、数秒後にグニャリと脱力して前のめりに倒れ込んだ。

2

「どうした? ひめかちゃん、イッちゃったのか?」

愛液と唾液にまみれた口元をぺろりと舐めまわしてから、秀介は訊ねた。ひめかは息を荒くしながら答える。

「は……はい……イッちゃいました。はあぁ……」

「そうか。でも、まだ終わりじゃないよ」

ひめかが倒れ込んだ先には、秀介のペニスがピクピク震えている。シックスナインの体勢なのだ。

ここ一週間、ほぼ毎日抱いてやっていたので、ひめかもそんなことはもう心得たものだ。秀介がなにも言わなくても、ペニスに食らいついてくる。

「お兄様……はふぐぐん……」

可愛らしい妹に顔面騎乗クンニを施《ほどこ》してやって興奮していた秀介のペニスは、自分でもあきれるほどに硬くなっていた。

それを温かい口腔粘膜でヌルヌルと締めつけられると、たまらない快感が身体を駆け抜けた。

「ああ、ひめかちゃん。すごく気持ちいいよ」

秀介の言葉がうれしかったのか、ひめかはペニスをしゃぶる勢いを激しくしていく。

カリクビのところが唇から出たり入ったりするような、ペニスの一番感じる部分をピンポイントで責めるフェラチオ。

そして、いったん口から出して、竿の部分をハーモニカを吹くときのように舌を横に滑らせて根元から先端まで満遍《まんべん》なく舐めまわすフェラチオ。

さらには根元まで呑み込んで、喉の奥で締めつけるディープスロート……。すべて、秀介が教えたフェラだ。もちろん全部AVで学んだもので、これまで実際に体験したことはなかった。

でも、ひめかは秀介が教えたフェラチオを忠実に実践してくれる。その健気《けなげ》さと、従順さと、そして……そして、口唇愛撫の快感に、秀介は身悶えてしまう。

「あああぁぁ、いいよぉ……ううぅ……ひめかちゃん、最高だよぉ」

自分ばかりが気持ちよくしてもらっているわけにはいかない。秀介は目の前で涎を垂らしている女陰に食らいついた。

「はあっぐぐ……」

今度は、ひめかがくぐもった呻き声を発する番だ。

秀介は割れ目の奥を舐めまわし、クリトリスを舌先で弾き、膣口から直接愛液をズズズ……と音をさせて啜る。

「はああん、お兄様、気持ちよすぎて……ああん、もうオチ×チンをしゃぶってられません……んんん……」

ひめかが泣きそうな声で言う。

「いいよ。じゃあ、今度はこっちへ」

手をつかんで立ち上がらせると、秀介はひめかのメイド服を脱がして全裸にして、ソファに浅く座らせた。

お尻が座面からはみ出すぐらい手前に引き、両足首をつかんでグイッと押しつける。

M字開脚ポーズのできあがりだ。

「ああああん、お兄様ぁ。これ、丸見えになっちゃいます」

確かに、ひめかが言うとおりだ。秀介の位置からだと、ひめかのお尻の穴、オマ×コ、胸、顔、とすべてが一直線に並んでいる。

しかも、ひめかの顔は風呂上がりのように火照り、白い乳房には鳥肌が立ち、陰部はトロトロにとろけていて、お尻の穴はヒクヒクと動いてしまっている。

いやらしすぎる眺めに、秀介のペニスがピクピクと武者震いを始める。

「もう入れたくてたまらないよ」

「ああん、入れてください、お兄様」

「どこに？」

「え？」

ひめかはふと我に返ったように恥ずかしそうに視線を逸らし、小声で言う。

「……オマ×コに」

「なにを？」

可愛い女の子には意地悪をしてみたくなる心理だ。

秀介はもうクラクラしそうなほど興奮していて、早く挿入したくてたまらないのだが、そんな問いかけをしてしまうのだった。

ひめかは秀介に抗議するような視線を向けながらも、またポツリと言う。

「……オチ×チンを」

「ダメだよ、それじゃあ。誰のなにに、誰のなにを入れてほしいのか、ちゃんと文章にして言ってくれないとわからないよ」

ペニスがピクンと亀頭を振り、先端に我慢汁が溜まっていく。もう我慢の限界だ。

それでも秀介は、ひめかをじっと見つめた。

ひめかももう決意を固めたというふうに、まっすぐに秀介の目を見つめる。そして、可愛らしい唇から卑猥な言葉を絞り出す。

「ひめかの……オマ×コに……お兄様の……オチ×チンを入れてください。あああぁん……」

「可愛いよ！　ひめかちゃん、大好きだよ！」

秀介はM字開脚にしたひめかの両足首をつかんだまま、中腰で前傾姿勢になり、手を使わずにペニスの先端を膣口に押しつけた。

なんの抵抗もなく……というよりも、まるで獲物を食らうイソギンチャクのように、ひめかの膣口が巨大なペニスを簡単に呑み込んでしまう。

「はっあああん！」

ぬるりと滑り込んだ亀頭に子宮口を突き上げられ、ひめかが悩ましい声を張り上げる。と同時に膣壁が収縮して、ペニスをねっとりと締めつける。

吸いつくような締めつけは、名器の証《あかし》だ。その中にペニスを抜き差しすると、強烈な快感が秀介を襲う。

「ああっ……気持ちいい……ううう……ひめかちゃんのオマ×コ、最高だよ」

腰の動きがひとりでに速くなっていく。気持ちよさのあまり、身体がもう理性の制《せい》御《ぎょ》が効かない状態になっているのだ。

「ああん……お兄様……あああああん……はあああん……」

両足首を持って腰を前後に動かしながら、秀介はふたりがつながり合っているところに視線を向けた。

ひめかの陰部には毛が一本も生えていないので、膣口に抜き差しされるペニスの様子が、なにに邪魔されることなくはっきりと見える。

「ああ、すごいよ。ひめかちゃんのオマ×コに、僕のペニスが出たり入ったりしている様子が丸見えだよ。ひめかちゃんにも、これを見せてあげたいよ」

「い……いやです、そんなの。見たくないです。あああん、恥ずかしい……」

赤くなった顔を背けながら、ひめかが言う。

本心からの言葉だと感じたが、それなら見せてやりたいと思うのが、やはり好きな子に意地悪したくなる男子の心理だ。

「そうだ。いいことを思いついたよ」

秀介が腰の動きを止めると、ひめかが乳房をたゆたわせながら大きく息を吐いた。

「あああぁぁん、お兄様ったら、また変なことを思いついたんですか？　ほんとにもう……」

いやそうに言いながらも、好奇心は隠せていない。

男が卑猥なことで頭の中がいっぱいなのと同じように、むちゃくちゃ可愛い女子中学生も頭の中はエロいことばかりなのだということを、ひめかとゆあのふたりと付き合うことで、秀介はもう知っていたのだった。

「そうだよ。変なことを思いついたんだ。オマ×コにペニスが入っている様子をひめかちゃんに見せる方法をね」

秀介はひめかの腰に腕をまわして抱き寄せ、そのまま立ち上がった。

「あっはあああん……」

落ちそうになる恐怖から、ひめかがギュッとしがみついてくる。昼間、ゆあにもしてやった駅弁ファックだ。

さすがにひめかのほうが少し重いが、それでも中二女子の華奢な身体を持ち上げるぐらいなんでもない。

それに、こんな卑猥な状況を楽しめるなら、少しぐらいの無理はしなくては男とは言えない。

「ひめかちゃん、しっかりつかまっててね」

駅弁ファックのまま、秀介は自分の部屋を出た。廊下を歩き、慎重に階段を下りる。

そのあいだ、一歩足を踏み出す度に勃起ペニスが膣内で暴れまわり、ひめかは喘ぎ声をもらしつづける。

「あああぁ……お兄様……あああん、ひめか、気持ちよすぎておかしくなっちゃいそうです。はあああん……」

もちろん気持ちいいのは秀介も同じだ。油断すると射精してしまいそうになる。

だけど、せっかく思いついた羞恥プレイをする前に射精してしまうのだけは絶対にいやだった。

秀介は必死に射精を我慢しながら、リビングへと足を踏み入れた。

「ほら、ひめかちゃん、こういうのはどう？」

壁の扉を横に引き開けると、大きな鏡が現れた。亡くなった秀介の母が、フラメンコの練習のために取り付けた壁一面の鏡だ。

「ああぁんっ……いや……恥ずかしい……」

全裸で秀介にしがみついている自分の姿を見て、ひめかは可愛らしい声をあげて顔を背けた。

お尻が剝き出しで、角度によってはアナルも見える。上下に揺らしてやると、ペニスが出たり入ったりする様子も見えるのだ。

なかなかエロい眺めだ。

だが、さっき約束した、オマ×コにペニスが入っている様子をひめかに見せる、というのには、若干物足りない。

それなら……。

「ひめかちゃん、ちょっと降りて」

ひめかを床の上に下ろすと、ペニスがずるんと抜け出て勢いよく頭を跳ね上げ、下腹に当たって、パ〜ン！　と大きな音が響いた。

「はあぁ……す……すごいです……あああん……」

ひめかが潤んだ瞳でペニスを見つめ、ため息をもらす。

自分でも驚くほど大きくなっていた。もう爆発寸前だ。それなら、ひめかの中で爆発させたい。それも思いっきり卑猥な体位で。

「ほら、ひめかちゃん、さっき言ったように、オマ×コにペニスが入っているところを見せてあげるよ」

そう言って、ひめかの腕を引っ張ってその場に立たせ、少しお尻を突き出させた体勢をとらせて、今度はバックからペニスを突き刺した。

いわゆる立ちバックの体勢だが、これはまだ途中段階だ。

秀介はひめかの両脚を抱えるようにして、そのまま持ち上げた。小さな女の子におしっこをさせるときの体勢だ。

しかも、ひめかの膣にはずっぽりとペニスが突き刺さっている。

「あっ、いや。これ……ダメ……あああん、お兄様、やめてください。あああん、恥ずかしすぎる……あああん、恥ずかしすぎますぅ……」

ひめかが足をバタバタさせるが、その中心はしっかりとペニスで穿たれ、両膝を抱えるように持たれているために、どうしようもない。

「ほら、ひめかちゃん、鏡を見て」

秀介は鏡のほうを向き、ひめかの身体を上下に揺する。

そうするとM字開脚ポーズのひめかの陰部に、濃厚な本気汁にまみれたペニスが出たり入ったりしている様子が丸見えなのだ。

「ああっ……いや……恥ずかしいぃ……あああああん、丸見え……ああああん、お兄様のオチ×チンが入ったり出たりしてる様子が……あああああん、ダメ……ダメ……ああああん……はああん……もうダメ……あああん、イク……イクイクイク……あああああっ……もうイッちゃうぅぅ……あっはあああん！」

鏡に映った自分の恥ずかしい姿を見ながら、ひめかは狂ったように絶叫し、そのままエクスタシーへと昇りつめた。

イク瞬間、ぎゅーっと強く膣壁がペニスを締めつけた。その状態でさらに数回上下にひめかの身体を揺すると、秀介もあっさりと限界を超えてしまった。

「ううっ……ひめかちゃんんん……あああっ、で……出る！」

ずっぽりと根元まで挿入したまま、秀介は熱い精を放った。

「あっはあぁんっ……お兄様の……あぁあん……お兄様の熱い精子が……ひめかの中に……ドクドクと……あぁああん、またイク～！」

ひめかは立てつづけにエクスタシーに達し、Ｍ字開脚ポーズで刺し貫かれたまま、ぐったりと脱力した。

「ううう……すごいよ、ひめかちゃん。どれぐらい出たか、いっしょに確認しよう。ほら、鏡に映った自分の姿をよく見て」

「はあぁぁ……お兄様ぁ……」

ひめかが鏡に視線を向けるの待って、秀介はひめかの身体をグイッと持ち上げた。

ぬかるみにハマった足を無理やり引き抜いたときのように、ジュボッと大きな音をさせてペニスが抜け出る。

すると、大きく広がったひめかの膣口から白濁した液体がどろりと溢れ出て、床の上に滴り落ちた。

「あぁあぁん……お兄様の精子が、ひめかのオマ×コからいっぱい出ちゃいました……はあぁぁ、恥ずかしいぃ」

「なんていやらしい眺めなんだろう。あぁあ、たまらないよ」

朦朧としたひめかの表情と、愛液と精液にまみれた陰部を交互に見ながら、秀介は生まれてきてよかったと、己の幸せを強く噛みしめた。

3

ゆあが帰宅したのは、ちょうど夕食の準備が整った頃だった。

ずっと窓を開けておいてリビングの中に精液の匂いが残っていないように気をつけたが、ゆあは少し怪訝そうな表情で部屋の中を見まわしていた。

ここでひめかに中出ししたことに気づかれたかもしれないと、秀介はドキドキした。でも、ひめかはまったくふだんどおり、妹に接していた。

やっぱり女はすごい。過去にモテた経験が一度もなかった秀介は、ついそう思ってしまうのだった。

そして、夜遅く、ひとりでリビングでテレビを観ていると、ドアを開けてゆあが入ってきた。

「お兄ちゃん、まだ起きてたの？」

可愛らしいパジャマ姿で、眠そうな目をしている。

「観たい番組があってさ。ゆあちゃんは眠れないの？」

「う〜ん。そういうわけじゃないんだけど。これをお兄ちゃんに渡そうかどうしようか迷ってて」

そう言うと、ゆあが一枚のプリントを手渡した。学校で配られた父兄《ふけい》向けのプリントのようだ。

ひめかとのことを疑って問いただそうとしてきたのかと思ったが、そうではなかったことに、秀介はほっと息を吐いた。

そんな秀介に向かって、ゆあが緊張した面持《おもも》ちで言う。

「明日、ゆあの授業参観なの。パパもママも出張中だから、別にいいかと思ってたんだけど、お兄ちゃん、もし時間があるなら観に来てほしいの。だけど、もちろん忙しいなら無理しなくて大丈夫だよ」

どうやら断られるのを恐れているようだ。秀介にも経験があった。母親が早くに亡くなり、父親は忙しい仕事人間だったので、学校行事に親が来てくれたことはほとんどなかった。

自分では気にしていないように振る舞っていたが、本当はずいぶん寂しい思いをしていたのだった。可愛い妹には、そんな思いはさせたくない。

「わかった。行かせてもらうよ。僕はゆあちゃんの兄だからね」

「ほんと⁉　やったー！」

ゆあがパッと表情を明るくして、秀介に抱きついてきた。

妹って可愛い。こんなによろこんでもらえるなら、どんなことでもしてやりたい。

秀介は、ゆあのやわらかい身体を抱きしめながら、しみじみと思った。

第七章　悦楽の授業参姦

1

「悪くないじゃん」

秀介は鏡に映ったスーツ姿の自分の姿を見てつぶやいた。大学の入学式のために買ったスーツを久しぶりに着てみたのだ。

髪もきれいに整えてあった。自分で言うのもなんだが、わりとまともな人間に見えるはずだ。

ふだんなら誰からどう思われようとかまわないが、今日だけはそういうわけにはいかない。なにしろ、ゆあの父兄として学校に行くのだから。

そう思うと猛烈に緊張してしまう。でも、学校で過ごしているときのゆあの姿を見ることができるのは楽しみでしょうがない。

ネクタイを何度も締め直し、着慣れないスーツに身を包んで秀介は家を出た。

ゆあとひめかが通う中学校は、家から徒歩十分ぐらいの場所にあった。学校が近づいてくるに連れて、また緊張が高まってくる。

可愛い妹たちが通っているのは私立の女子校なのだ。つまり、そこには女子中学生たちが大勢ひしめき合っているはずだ。

そのことを思うだけで秀介は緊張し、同時に興奮してしまうのだった。

校門のところに警備員室があり、そこで身分証明書とゆあから受け取ったプリントを見せて「授業参観のために来ました」と告げて中に入れてもらう。

すると、そこはもうパラダイス、桃源郷、天国……といった言葉が次々に頭の中を過ぎる空間だった。

授業参観は五時限目だったので、ちょうど昼休みで女子中学生たちがあちこちで黄色い声をあげて騒いだり、駆けまわったり、ケラケラ笑ったり……。

みんな、まだまだ子供なので、やたらとテンションが高い。

夏服の白いセーラー服に、濃紺のミニスカート。若さがまぶしい。それに太腿もまぶしい。

そして、校内全体に、なんとも言えないいい匂いが漂っているのだった。

秀介は思わず深呼吸をしてしまう。

それを怪訝そうに見ている女子生徒がいた。眼鏡をかけていて、図書委員をやってそうな女の子だ。

どうして男が校内にいるんだろう？　といった顔をしている。でも、可愛い……。

「ちょっといいかな？」

秀介が声をかけると、少女は背筋をピンと伸ばして警戒しながら答える。

「なんですか？」

「あ、僕、父兄参観に来たんだ。妹がこの学校に通っててさ。で、一年C組はどこかわかるかな？」

父兄、妹、というのは魔法の言葉だ。少女の顔から警戒心が一気に消えた。

兄になってよかった。ゆあとひめかという妹ができてよかった。そうしみじみ思ってしまう。

眼鏡の少女に教えてもらったとおり階段を上って三階に行き、クラス名が書かれたプレートを見ながら廊下を歩く。

そのとき、チャイムが鳴った。授業開始時間にはまだ早いはずなので、どうやら予鈴のようだ。

廊下に出ていた少女たちが、いっせいに教室に駆け込む。そのときもみんなケラケラ笑っている。なにをしても楽しい、いわゆる「箸が転んでもおかしい年頃」というものなのだろう。

その様子は賑《にぎ》やかで、青春そのものだった。

だけど、かつて自分が中学生だった頃のことを思い出し、秀介は少し寂しい気持ちになった。

中学生時代の秀介は、そんな女子たちと言葉を交わすこともなく、勉強とスポーツに打ち込んでいた。

当時はそれでいいと思っていたのだが、今思えば、女子中学生たちに囲まれた時間という、人生のうちで一番大切な時間を無駄に過ごしてしまったのだなと後悔が込み上げてきてしまう。

でも、今の秀介には、ゆあとひめかがいるのだ。

あの頃、クラスメイトの女子と気軽に話をしたりするのと、ゆあとひめかとの同居生活のどちらが素晴らしいかと言えば、答えは明らかだ。

そう思うと、落ち込みかけていた気持ちが一気に晴れてくる。

そんなことを考えながら女子校の廊下を歩いていた秀介は、ふと足を止めた。

「あ、ここか」

一年C組と書かれたプレートがドアの横に張りつけられている。

中に入ると、すでに父兄たちが教室の後ろに何人も立っていた。全員、秀介の親世代だ。その中にひとり、大学生の秀介が混じるとけっこう目立ってしまう。

「ほら、あの人……」

「うわ、かっこいいかも」

「若いね。誰のお兄さんかな？」

女子中学生たちがこちらを見ながらコソコソ話している。

中学時代はぜんぜんイケてなかった秀介だが、大学生になった今、女子中学生たちから見ると、それなりに大人の魅力が身についているのだろうか？

いや、それはたぶん、ゆあとひめか相手にエッチなことをしまくっている自信が滲み出ているだろう。

そう思えば、やはり妹たちに感謝しなくてはならない。

「あっ、お兄ちゃん！」

まわりがざわめきはじめたことで何気なく振り返ったゆあが、秀介に気づいてその場に立ち上がり、手を振ってきた。

可愛い……夏用の白いセーラー服を着たゆあは、家で見るふだん着のときとはまた違う魅力に満ちていた。

ゆあもひめかも帰宅するとすぐに着替えてしまうため、こうやって制服姿をまじまじと見るのは初めてかもしれない。

今まで制服を着させたままセックスをしたことはなかった。さすがにそこまですると嫌われてしまいそうだったからだが、もうそんなことは言っていられない。

帰ったらすぐに制服プレイをしよう！　そんなことを考えた秀介の股間が一気に硬くなる。

「うっ……」

眉間に皺を寄せて、難しいことを考えているふりをしながら、秀介は身体をくねらせて、勃起したペニスの位置を調節するのだった。

すぐに中年の女性教師が教室に入ってきて、授業が始まった。

昔は授業中に居眠りばかりしていたが、授業参観はまったく退屈しない。真面目に授業を受けているゆあの姿を見るのは、なかなか感慨深いものだった。

まるで父親になったような気分で、秀介は飽きることなくゆあの後ろ姿を見つめつづけた。

そんな熱い視線を感じるのか、ゆあはときどき後ろを振り返り、満面の笑みで秀介に向かって手を振った。

他の父兄がクスクス笑う。恥ずかしかったが、秀介も腰のあたりで控えめに手を振り返してしまうのだった。

それにしても可愛い……可愛すぎる……。

もしも自分が今、中学生で、この教室に座っていたとしたら、ゆあのことが気になって授業どころではなかっただろう。

だけど、そんな恋心が成就《じょうじゅ》することはないはずだ。「お兄ちゃん、お兄ちゃん」と慕ってくれる今の生活は、中学生当時の自分にとっては夢のまた夢の暮らしなのだから。

(父さん、再婚してくれてありがとう!)

ゆあの華奢な背中を見つめながら、秀介はまた幸せに浸ってしまう。

「はい!」

いきなりゆあが手を挙げた。教師に指名されて立ち上がると、ゆあが前に出ていき、黒板に書かれた数学の問題を解きはじめた。

「正解です」

教師が言うと、ゆあはパッと振り返って、秀介に向かって満面の笑みでVサインをしてみせる。

とっさに秀介はパチパチパチ！　と拍手をしてしまい、それが場違いな行為だということに気がついて、パチパチ……パチ……パ……というふうに手を止めた。

女子中学生たちと父兄のあいだにドッと笑いが起こり、教師が苦笑する。

「あ、すみません、つい……」

そう言って秀介は頭を掻いたが、一番笑ってるのはゆあだった。

2

「お兄ちゃん、さっきの拍手のときの間の取り方、最高だったよ。もうクラスのみんなの心をわしづかみにしちゃったね」

授業が終わると、ゆあが駆け寄ってきた。今にも抱きつきそうな勢いに、それだけはやめてくれ、と秀介は心の中で願った。

さすがにゆあにも、その程度の理性はあるらしい。秀介のすぐ前で立ち止まり、両手を胸の前で組んでじっと見上げてくるだけだ。

それはそれで少し物足りない気分になった。こんな可愛い妹に抱きつかれているところを、みんなに見せびらかしたい気持ちもあったのだ。

もちろん、そんな気持ちは心の中にしっかりとしまい込む。なにしろ、ゆあとの関係は禁断すぎるものなのだから。

「楽しんでもらえたならよかった。それに、ゆあちゃんが真面目に授業を受けてるのを見て感動したよ。やればできるんだね」

「まあね。これでも学校では優等生なんだよ」

ゆあが得意げに胸を張る。白いセーラー服に包まれたその胸に手を伸ばしそうになり、必死に我慢した。

父兄たちはぞろぞろと教室を出ていく。もう授業参観は終わったのだから当然だ。

秀介も後ろ髪を引かれる思いで、ゆあに言った。

「じゃあ、僕はこれで帰るから」

「え〜っ、せっかく来たんだから学校を案内してあげるよ」

ゆあが腕にしがみつく。思わず顔がにやけそうになる。ゆあはやっぱりこうでなくっちゃ。

この程度なら仲のいい兄妹として許容範囲だろうと思ったが、秀介はつい恰好をつけてしまう。

「おい、やめろよ。みんなが見てるじゃないか」

「いいじゃない。兄妹なんだもん。六時限目は自習なんだ。今日しか来られない父兄がいるから、この流れで面談をやっちゃうんだって。だから、平気なの。ゆあたちがいつもどんなところで青春を過ごしてるか見てみたいでしょ？　うちの学校は私学で、そういうのはぜんぜん緩いから大丈夫だよ。さ、行こ」

ゆあが秀介の腕を引っ張っていく。

自習の教室を抜け出すのは保護者としては止めるべきなのだろうが、それ以上に女子校を探検するというのは魅力的な誘いだった。

「わかったよ、ゆあちゃん。行くよ。いっしょに行くから、そんなに引っ張るなよ。

……えっ」

秀介は廊下に出たところで足を止めた。そこには、制服姿のひめかが立っていた。

「お兄様、ひめかもお供させていただきます」

「ひめかちゃん、どうして？」

「さっき、授業中にゆあちゃんからＬＩＮＥが届いて、お兄様に学校内を案内するっていうことでしたので、是非ひめかもいっしょにと思って……お邪魔ですか？」

ひめかは両腕を身体の後ろにまわして、もじもじしている。家以外の場所で会うことはほとんどないので照れているのだ。

秀介もなんだかむず痒い思いになってしまう。まるで初めて会う美少女と見つめ合っているような気分だ。

というのも、ひめかの白いセーラー服姿は、ゆあのもの以上に新鮮だった。

学校から帰ってくると、いつもひめかはまっすぐ自分の部屋に行って、さっさとメイド服に着替えてくる。

そのため、ひめかのセーラー服姿をちゃんと見るのは初めてだった。つい、食い入るように見つめてしまう。

「いやです、お兄様。恥ずかしいから、そんなに見ないでください。メイド服を着てないと、ひめかはアイデンティティーが保《たも》てないんです。特に好きな人に見られるときには……」

そう言って、ひめかが顔を赤らめた。すかさず、ゆあが冷やかす。

「お姉ちゃん、顔が赤くなってるよ！」

「バカ！　からかわないで！　そんなことはいいから、さあ、お兄様、行きましょう！」

ひめかは、ゆあがしがみついているのとは反対側の秀介の腕に自分の腕を絡ませて、歩きはじめる。

「ほら、お兄ちゃん、行くよ。どこが見たい？　美術室？　音楽室？　屋上？　それとも更衣室？」

ゆあは、ひめかに対抗するように腕に胸を押しつけながら歩き、軽口を叩く。

「そ、そんなわけないだろ」

秀介は制服姿の美少女たちに両腕にしがみつかれた状態で学校の廊下を歩きながら、猛烈に興奮してしまうのだった。

3

まったくモテなくていじけていた中学時代の自分に教えてやりたい。おまえは大人になってから、こんな素晴らしい体験をするんだぞ、と。

すでに六時限目の授業が始まっているために、廊下には生徒の姿はまったくない。静かな廊下には、教師が授業をしている声が教室内から微かに聞こえてくるだけだ。

そんな廊下を、ガイドよろしく、ゆあが教室の説明をしてくれるのを聞きながら歩いていく。

授業をサボってこんなことをしていていいのだろうか？　自分はゆあとひめかの保護者なのに……もしも学校関係者に見つかったら、きっと厳重に注意されるはずだ。

そう思いながらも、この幸せな時間を中断することはできなかった。

「今度は屋上に行ってみようか？　まわりに高い建物がないから、すっごく眺めがいいんだよ。ゆあはときどき、屋上でお弁当を食べたりしてるんだから」

ふと思いついたといった様子で、ゆあが秀介の腕を引っ張って階段を上りはじめた。

「お兄様、本当に自由な妹ですみません」

ゆあに振りまわされて秀介が苦笑していると、ひめかが代わりにあやまる。

（いや、いいんだよ。俺は君たちに振りまわされるのが楽しくてたまらないんだから。苦笑してみせたりするのは、ただの照れ隠しなんだから）

そう心の中で弁解していると、腕にしがみついたままのゆあがいきなり足を止めて、短く声をもらした。

「あっ、ヤバイ」

ゆあの視線の先には、屋上へ出る扉があった。そのドアの磨りガラスに人影が映っている。ドアノブがゆっくりとまわりはじめる。

「お兄様、こっちへ」

ドアが開く気配がしたとき、ひめかが秀介の手を引いて階段を数段下り、最上階の廊下へと駆け出す。

そして一番手前の教室に飛び込んだ。

ゆあもそのあとをつづいて教室に駆け込んできて、三人で教卓の下に潜り込む。

そこは三人で隠れるには狭すぎる空間だ。ゆあとひめかのあいだで秀介は潰されそうになってしまう。

「お兄様、声を出さないでくださいね」

ひめかにそう囁《ささや》かれ、秀介は無言でうなずいた。

サンダルの音がペタンペタンと廊下を近づいてきて、扉のところで止まった。教室内をのぞき込んでいる気配がする。

秀介たちは身体を寄せ合いながら息を殺していた。心臓が口から飛び出しそうなほど、激しく鼓動を刻む。

すぐにまた足音が響きはじめ、それは教室の横を通り過ぎていく。それでも秀介たちはずっと息を殺しつづけた。

足音が完全に聞こえなくなると、ゆあとひめかが同時に大きく息を吐いた。

「助かった～。また校庭の草刈りをさせられるかと思ったよ～」

「本当にびっくりしました。まさか、このタイミングで現れるとは……」

ぎゅうぎゅう詰めの状態のまま、秀介が訊ねる。

「今の人、誰なんだ？」

「生活指導の先生。すっごく厳しいの。ゆあなんか、いつも目の敵《かたき》にされてるんだ。授業を抜け出してお兄ちゃんといちゃついているのを見られたら、今度こそ大問題になるとこだったんだよ。ほんと、お兄ちゃん、気をつけないと」

「な……なんで僕が……？」

「だって、お兄ちゃんはゆあたちの保護者なんだよ」

確かにそうだ。秀介は責任のある立場なのだ。だが、そんな立場のくせに、三人で狭い空間で身体を密着させていると、ムラムラしてきてしまう……。

その原因は、そこが無人の教室だからということにもあった。

中学時代、早熟な男女が放課後の教室でいろいろ卑猥なことをしているという噂があった。

もちろん、恋人どころか親しく言葉を交わす女子の友人もいなかった秀介には縁のないことだったが、あの娘とあいつはきっと教室の中で……と妄想しながら、ひとり自分の部屋でオナニーを繰り返したものだ。

その青臭い匂いが、鼻孔の奥に甦《よみがえ》ってくるのだった。

そんな秀介の胸が苦しくなるような追憶《ついおく》に気づいているのかどうなのか、ゆあがさっさと教卓の下から這い出して伸びをする。

「あ～、苦しかった」

ひめかも、ゆあにつづいて教卓の下から出ていってしまう。

もっとぎゅうぎゅう詰めを味わいたかったのに……残念に思いながらも、秀介も出ないわけにはいかなかった。

ゆあとひめかと並んで伸びをしながら教室の中を見まわして、秀介は違和感を覚えた。

今は授業中のはずなのに、誰もいないのは変だ。

「ここの教室はなんなんだ？　どうして誰もいないんだ？」

「このフロアは全部三年生の教室なんですけど、今日から修学旅行に行ってるから誰もいないし、誰もこないはずです」

ひめかが説明している横で、ゆあが音を立てないように気をつけながら、そっと扉を閉めて、内側から鍵をかけた。

さらに、ゆあは廊下に面した窓や後ろの扉の鍵もかけてまわる。

「なにしてるんだ？」

「誰かに邪魔されないように鍵をかけたの。なんかいい雰囲気でしょ？　授業を抜け出して、空き教室で男女が息を潜めてるなんて。青春って感じで、ゾクゾクしちゃうよ」

「え？　ゾクゾク？」

「はい。ひめかもなんだかムラムラしてきてしまいました」

ひめかが白いセーラー服を着た自分の身体を、そっと抱きしめるように腕をまわした。その腕によって、乳房がむにゅりと押しつぶされるのがわかった。

「……ムラムラ？　それって、やっぱり……？」

「そうですよ。女の子だって、エッチなことを考えちゃうんです。お兄様がエッチな妄想をしているように」

そう言うと、ひめかがいきなり秀介の股間をわしづかみにした。

「うっ……な……なにするんだ？　ここは教室だぞ。しかもまだ六時限目で、他の生徒たちが授業を受けてる時間だっていうのに……」

「お兄ちゃん、マジメか⁉」

ゆあが手の甲で秀介の胸を叩いてツッコむ。

「お兄ちゃんも興奮してるんでしょ？　お姉ちゃんがつかんでるその場所の形……しっかり大きくなってるのがまるわかりだよ」

「た……確かに勃起してるけど、誰かが来たらどうするんだ？」

「この階は三年生の教室しかないんで、誰かが来ることはありません」

「でも、さっきは生活指導の先生が……」

「あれは、定期巡回だよ。いつもああやって一日に一回、ぐる〜っと全校舎を見てまわるの。屋上から全部のフロアをね。で、今日の分の巡回はさっき済んだから、もう来ないはずだよ。それに、今、ゆあがドアと廊下側の窓の鍵を全部かけたから、もしも誰かが来ても大丈夫だから安心して」

「でも……ううっ……」

いきなり、ひめかが秀介の唇に自分の唇を押しつけてきた。そして、秀介の首の後ろに腕をまわしてしがみついてくる。

白いセーラー服に包まれた乳房が、むにゅむにゅと押しつけられる。

さらに、唇をこじ開けて舌をねじ込んできて、秀介の口の中を舐めまわす。ふたりの唾液が混じり合い、ぴちゃぴちゃと音が響く。

ディープキスの快感にうっとりと目を閉じそうになり、秀介はゆあがじっと見つめていることに気がついた。

「うっ……ダメだよ、ひめかちゃん、ゆあちゃんが見てるから」

ひめかの身体を押しのける。

「お兄ちゃん、ゆあともキスしよ！」

今度はゆあがしがみついてきて、ディープキスをする。

背が低いために、必死につま先立ちしながらディープキスをしているのが可愛くてたまらない。秀介はほとんど反射的に、制服のスカートに包まれたゆあのお尻を撫でまわしていた。

視線を感じてそちらを見ると、ひめかがなにか言いたそうな顔でこちらを見ていた。

慌ててゆあを押しのける。

「ごめん、ひめかちゃん」

秀介があやまると、姉妹が同時に言った。

「あやまらなくても大丈夫です」

「あやまらなくて平気だよ」

「でも、嫉妬したりしないの？」

さすがに自分の目の前で、秀介が自分以外の女子とキスをしているのを見るのは、やはりいい気分はしないのではないかと思うのだ。

だがそれは、モテない男の先入観だということを、今どきの女子中学生たちに教えられることになった。

「ひめかとゆあは姉妹なんで、嫉妬なんてしません。昔から大好きなケーキでも果物でも、ちゃんとふたりで半分ずつにして食べてたんですから」

「そうだよ、お兄ちゃん。お姉ちゃんとお兄ちゃんの取り合いなんてするわけないよ。ふたりで仲よく共有しちゃうんだから」

「……ふたりで仲よく共有？」

「そうだよ。お姉ちゃんがお兄ちゃんのことを好きなのは知ってるし、なんならふたりがどんなエッチをしてるのかも全部知ってるんだよ。ね、お姉ちゃん」

ゆあに話をふられて、ひめかが顔を赤らめた。

「え？　なに？　本当に全部話してるの？」

「そうです。全部話してますし、ゆあからも全部聞いています。すごく仲のいい姉妹なんで、ひめかとゆあのあいだには秘密はないんです」

あの日、盗み聞きした内容は、冗談でもなんでもなく、本心からの会話だったのだ。ひょっとして嫉妬心から仲が悪くなってしまうのではないかと心配し、ゆあとひめかそれぞれとのセックスを必死に隠しつづけていたのは全部徒労《とろう》だったというわけだ。

「お兄様、せっかくだから、ここで三人でエッチしませんか？」

清純派といったルックスのひめかの口から、刺激的な言葉が飛び出した。

「え？　今、なんて？」

「お姉ちゃんは、３Ｐをしたいって言ってるの。ゆあもしたいな。しかも、教室でするなんて興奮するよね。ときどき授業中に妄想して、あそこが濡れちゃうんだぁ。ね、いいでしょ、お兄ちゃん」

自分が置かれた状況を信じることができない。夢を見ているのではないかと思い、ベタだが自分で頬をつねってみた。

「痛い……」

そんな秀介を見て、ゆあとひめかが少し恥ずかしそうに笑っている。

もちろん、可愛い妹ふたりを同時に相手にして３Ｐをしたいと何度も考えた。でも、口にすることなどできなかった。

もしもそんなことを提案したら、絶対に「最低！」と軽蔑されてしまうだろうと思っていたからだ。

だけど、そんなことは心配する必要はなかったのだ。

秀介がもう抵抗しないと確信したのか、ゆあとひめかが目の前に膝立ちになった。

そして、二人がかりで秀介のズボンのボタンを外し、ジッパーを下ろす。

ズボンがストンと足下に落ちると、ゆあとひめかはふたり同時に息を呑んだ。

「ごめん」

秀介は反射的にあやまってしまう。

そこは大きくテントを張っていた。ペニスが勃起し、その形にボクサーブリーフが伸びきっているのだ。

しかも、その先端部分にはシミができていた。それはもちろん、我慢汁のシミだ。

教室の中でこれから三人でするとと思ったとたん、すでにはち切れそうなほど勃起してしまっていたのだ。

「あやまらなくても大丈夫です。ひめかだって……」

「そうだよ。ゆあももう……」

ふたりとも膝立ちになったまま、もじもじと身体をくねらせる。

それはきっと彼女たちの下着も、秀介のボクサーブリーフと同じようにシミができているということだ。

おそらくそのシミは、秀介のものとは比べものにならないぐらい大きくて、ぐっしょりとしているに違いない。

「ううっ……」

秀介は身体をくの字にして、呻き声をもらした。

想像したとたん、またペニスがひとまわり大きくなったが、ボクサーブリーフはもうこれ以上伸びないため、その窮屈《きゅうくつ》さに痛みが走ったのだった。

「あぁぁん、お兄様の立派なモノには、そんな狭い場所は窮屈なんじゃないですか？」

「そうだよ。お兄ちゃん、もう脱いじゃえ」

ひめかとゆあの手が秀介のボクサーブリーフに伸びて、ふたりがかりで引っ張り下ろそうとする。

「ちょっ……ちょっと待ってよ。あっうう……」

ふたりが競《きそ》うようにしてボクサーブリーフを引っ張り下ろしたものだから、ペニスの先端が引っかかり、勢いよく飛び出して下腹に当たってパーン！　と大きな音が響いた。

「うわっ……」

「まあ……」

ひめかとゆあが同時に声をもらし、驚いたようにじっと見つめる。その視線を浴びながら、秀介のペニスは反り返った状態で、ピクピクと細かく震えつづける。

自分でも驚くほど大きくなっていた。それはもちろん、この淫靡すぎる状況のためだ。学校の教室で可愛らしい女子中学生ふたりと、これからセックスをするのだ。

満たされなかった中学時代の溜まりに溜まった性の思いが、今、果たされようとしているのだから、この程度の勃起は当たり前と言えば当たり前だった。

「どうしたんだよ？　これが見たかったんだろ？　でも、見るだけでいいのか？　好きなようにしていいんだよ」

秀介は下腹に力を込めて、ペニスをビクンビクンと動かしてみせた。

「まあ！　お兄ちゃんたら、なんて元気なの。すごすぎるよ～」

「ゆあちゃん、お兄様のオチ×チンをいっしょに味わいましょ」

ひめかが鼻にかかった甘い声で提案する。ゆあが即答する。

「うん、いいよ」

「えっ、なに？　いっしょにって？」

戸惑う秀介を上目遣いに見つめると、美少女姉妹はいたずらっぽい笑みを浮かべて、その視線を勃起ペニスに向けた。

そして、左右からゆっくりとペニスに顔を近づけてくる。ゆあとひめかも秀介と同じように興奮しているらしく、鼻息が荒くなっている。

その鼻息がペニスのカリクビのあたりにかかり、たったそれだけの刺激で秀介の身体にゾクゾクするような快感が駆け抜けた。

「ううっ……」

ペニスが亀頭を振り、先端に溜まっていた我慢汁が肉幹を流れ落ちる。

「あああん、まだ舐めてもいないのにぃ」

「お兄様、今からゆあちゃんとふたりで気持ちよくしてあげますね」

ゆあとひめかが一瞬見つめ合い、左右からふたり同時にペニスに口づけした。

「ううっ……」

ふたつの唇が触れた瞬間、秀介は身体をよじって低く呻いた。同時に、力を漲らせているペニスがビクンビクンと脈動した。

その反応を面白がるように、ゆあとひめかが長く伸ばした舌を肉幹の根元から先端へと何度も滑らせる。

「あううっ……ゆあちゃん……ひめかちゃん……す……すごいよ。すごく気持ちいいし、それにこの眺め……ううっ……エロすぎるよぉ」

白いセーラー服姿の美少女ふたりが、左右からペニスをペロペロ舐めているのだ。

しかも場所は教室だ。机が整然と並んでいて、窓の外には青空が広がっている。

中学時代の授業中に、何度こんな状況を夢想したことだろう？　それが今、現実となって、秀介のペニスに強烈な快感を与えてくれているのだ。

精神的にも肉体的にも、最高すぎる！

ほんの一週間ほど前までは処女だったゆあとひめかだが、秀介が教え込んだために、そのフェラチオはかなりのテクニックだ。

二枚の舌が左右から肉幹の根元から這い上がり、カリクビの部分をチロチロとくすぐる。

そこが男にとっては一番気持ちいい場所だと秀介が教えてやったのを、忠実に守っているのだ。

下腹部が熱くなり、痺れるような快感が秀介の意識を呑み込んでいく。

「き、気持ちいいよ……」

身体の後ろに両腕をまわして下腹部を突き出したポーズで、秀介はふたりの美少女の舌愛撫に身を任せつづけた。

美少女たちのフェラチオは徐々にエスカレートしていく。

それまで竿部分に舌を這わせる愛撫をつづけていたゆあが、いきなり亀頭をパクッと咥え込んだ。

小顔のゆあは当然口にも小さい。巨大な亀頭を頬張ると、本当に苦しそうだ。それでも、ゆあは口の中の粘膜でヌルヌルと締めつけながら、一生懸命首を前後に動かす。

「あううう……き、気持ちよすぎるよ、ゆあちゃん！」

「まあ、ゆあちゃんたら。ほんと、自分ばっかり。じゃあ、ひめかはこっちにしちゃおうっと」

妹に亀頭を独占されたひめかは、秀介の陰嚢に食らいつく。睾丸を口に含み、舌で転がすように舐めはじめるのだ。

「えっ……あああっ……ひめかちゃん、そ……そんなこと……」

胃がひゅんとなるような感覚に襲われ、そのあとくすぐったさと恥ずかしさが込み上げ、最後になんとも言えない快感が身体を痺れさせた。

それは秀介が教えたテクニックではなかった。

ひめかが他の男とセックスしているとは考えられないので、おそらくネットか雑誌から得た知識を実践してみたのだろう。

この清純派っぽいひめかが、秀介相手にこんな卑猥な行為を試してみようと考えていたのだと思うと、健気で可愛くてエロくてたまらない気分になってしまう。

陰毛がくすぐったいのか、ひめかは顔をしかめながら陰嚢をしゃぶりつづける。美少女のそんな姿は卑猥すぎて、秀介は悲鳴のような声を出してしまう。

「ひ……ひめかちゃん！　それ、すごい……ああ！　気持ちよすぎるよ！」

そんな秀介の声に反応したのはゆあだった。亀頭を口から出すと、ひめかを押しのけようとしながら言う。

「お姉ちゃん、交代して。変態のお兄ちゃんはそっちの変なフェラのほうが好きみたいだから、ゆあもそれをやってみたいの」

「もう、ゆあちゃんはほんとにわがままなんだから」

末っ子気質のゆあにあきれたように言いながらも、ひめかはお姉さんの顔になって陰嚢を妹に譲ってやる。

「えへへ。お姉ちゃん、ごめんね。でも、これ、なんだか興奮しちゃう」

指先で陰嚢を弄んでから、ゆあはそれを口に含んだ。

「ううう っ……そこは男の急所でもあるんで、くれぐれも優しくてくれよな。頼むから」

ゆあは目で「わかった」とうなずくと、口に含んだ睾丸を舌で転がすように愛撫しはじめる。

そして、空いた亀頭をひめかが口に含み、首を前後に動かしはじめた。

竿と玉を同時にしゃぶられ、秀介の興奮は最高潮に達してしまう。身体が火照り、全身に汗が滲み出てくる。

扉には内側から鍵がかけられているので、もしも誰かが来ても、いきなり開けられるということはないはずだ。

秀介は上着とシャツを脱ぎ捨てて全裸になった。中学校の教室で全裸になると、禁断の思いがますます強烈になり、興奮がさらに高まる。

「ううう っ……ゆあちゃん……ひめかちゃん……ああ、気持ちいい……最高だよ。ううう っ……」

「んっんんん……ううっ……んんん……」

ひめかがペニスをしゃぶりながら、セーラー服の上から自分の乳房を揉みはじめる。

その横では、ゆあが陰嚢をしゃぶりながらスカートの中に手を入れ、自分の陰部を触りはじめる。

クチュクチュと粘ついた音が聞こえる。秀介のペニスがこんなに硬くなっているのと同じように、ゆあの陰部もドロドロになっているのだ。

すでにペニスと陰嚢に受ける快感で高まりきっていた秀介には、その視覚と聴覚に受ける刺激は強烈すぎる。興奮が一気にレッドゾーンを越えてしまうのだ。

「ああっ……すごい……ううぅぅ……だ、ダメだよ、ゆあちゃん……ううっ、ひめかちゃん……も……もう僕……そろそろ限界だ。ううぅっ……」

秀介は股間を突き出した体勢で身体をよじる。

「お兄ちゃん、そんなに気持ちいいの？　もう出そうなら我慢しなくてもいいよ」

陰嚢に唇を触れさせたまま、ゆあが言う。

「そうですよ、お兄様。好きなだけ出しちゃってください」

亀頭に頬擦りしながら、ひめかが言う。

「で……でも……」

教室の中で女子中学生ふたりを相手にするなんてことが今後あるとは思えない。それなら、もっとじっくりと楽しみたい。フェラだけで終わらせるなんてありえない。

「だって、お兄ちゃんは何回でもできちゃうでしょ」

「そうですよ。お兄様は『絶倫』ですから」

ひめかが難しい言葉を使ってみせる。それもまた、ネットか雑誌で読みあさった知識なのだろう。こんなに可愛いのに、頭の中はエロいことだらけというのがたまらなく興奮する。

それに、ゆあの言うとおりだ。ふだんでも一日に何度も射精することができるのだから、この状況なら時間が許す限り何度でも射精できそうだった。

秀介が納得したのが通じたのだろう。妹たちがまたフェラチオを再開した。

面白がって陰嚢をしゃぶっていたゆあも、やっぱり竿のほうがいいのか、ふたりで左右からペロペロとペニスを舐めまわす。

「わかった。もう出すよ。ふたりの口で全部受け止めてね。ううう っ……」

秀介は妹たちの舌愛撫にすべてを委ねた。

ゆあとひめかは交互に亀頭をしゃぶり、竿部分をペロペロと舐めつづける。さらには亀頭をあいだに挟んで、左右からディープキスのように舌を絡め合う。

カリクビ部分を刺激される快感と、美少女姉妹のディープキスのいやらしさに、秀介の身体の奥からズンズンと射精の予感が突き上げてくる。

妹たちが上目遣いに秀介の顔を見つめながらフェラチオをつづける。二枚の舌が亀頭を挟んで絡まり合う。唾液が幹を流れ落ちる。

もう限界だ。

「ううう……で、出るよ。もう出る！　ああぁっ……で、で、出るぅぅぅ！」

秀介は身体の後ろにまわした両手をギュッと握りしめた。その瞬間、熱いものが尿道を一気に駆け抜けていき、ビクン！　とペニスが脈動した。

と同時に、亀頭の鈴口から白濁体液が勢いよく噴き出し、ゆあとひめかの顔や舌に飛び散った。

それは一回だけではない。ドピュン！　ドピュン！　と数回に渡り、大量に迸り出るのだった。

4

射精が収まったときには、妹たちの顔は精液まみれになっていた。大量に射精してすっきりした秀介に、不意に理性が甦ってきた。

「ご……ごめん……」

調子に乗って顔に出してしまった。

そのことをあやまったが、妹たちは特に気にしていないようだ。それどころか、顔に出されたことをよろこんでいる。

「はあぁ……お兄ちゃんの匂い……すっごく濃厚だよ。あああん、クラクラしちゃう」

「顔が……顔が温かいです。こんなに出してくれてうれしいです、お兄様。それだけ、ひめかたちのフェラが気持ちよかったってことですよね？」

ふたりはうれしそうに言うと、お互いの顔についた精液を舐め合いはじめた。

自分の精液が可愛い妹たちの顔を汚すということだけでも卑猥さはかなりのものなのに、その精液を舐め合ってきれいにしている姿は猛烈に秀介を興奮させた。

「ゆあちゃん、ひめかちゃん、ふたりともエロすぎるよ！」

大量に射精していったんはやわらかくなりかけたペニスが、またすぐにフル勃起状態に回復した。

それを見たゆあが、あきれたように言う。

「ほんと、お兄ちゃんの性欲は底なしだね」

「でも、女の子はそのほうがうれしいんですけどね。さあ、ゆあちゃん、今度はお兄様に気持ちよくしてもらいましょ」

そう言うと、ひめかはスカートの中に手を入れてパンティを脱ぎ下ろし、秀介に背中を向けて四つん這いになった。

「うん。そうだね。ゆあのあそこ、もうさっきからうずいてるんだ。いっぱいいじって気持ちよくしてもらいたいな」

ゆあもパンティを脱いで四つん這いになった。

ふたりともスカート丈が短いので、無毛の割れ目が微かにのぞいている。全裸よりもさらにいやらしい。

秀介のペニスがピクンピクンと震えて、管の中に残っていた精液が先端にじわっと滲み出る。

「お兄ちゃん、早くぅ」

ゆあがお尻を左右に振り、ひめかも鼻にかかった声で懇願する。

「お兄様、もう我慢できないんです」

「わかってるよ」

秀介は妹たちのお尻の前に座り込み、両手を伸ばした。右手でゆあのお尻、左手でひめかのお尻を撫でまわす。

ふたりともお尻はまだ未成熟でそんなに大きくはないが、その分プリプリだ。肌もしっとりしているので、ただ撫でまわしているだけでも気持ちいい。

その尻肉を秀介がギュッとつかんでやると、ピタリと張りついていた小陰唇が剥がれて、赤く充血した媚肉が剥き出しになる。

「すごいね。ふたりとも、もう涎を垂らしてるよ」

「ああぁん、いやだよ、お兄ちゃん、そんなに広げたら、奥まで見えちゃうから恥ずかしいぃ」

「はあぁぁ……お兄様ぁ、見てないで気持ちよくしてくださいぃ」

「じゃあ、腰をもっと反らしてみて」

秀介の言うとおり、ふたりは四つん這いポーズのまま腰を反らして、お尻を高く突き上げる。すると手を離しても、一度開いた肉びらはもう閉じようとはしない。

ぽっかり開いた膣口がヒクヒクとうごめき、秀介の愛撫を催促する。

右手の中指をゆあの膣口に、左手の中指をひめかの膣口に、そっと押しつける。そのとたん、目の前のふたつのアナルがキューーッと収縮した。

「ああ、なんていやらしい眺めなんだろう。ううう……オマ×コの中に指が吸い込まれていくよ」

秀介の指は、なんの抵抗もなく、ふたつの肉穴に埋まった。中は同じようにトロトロで、温かくて、指を入れているだけですごく気持ちいい。

しかも、ふたりはまるで競い合うように膣壁を収縮させて、秀介の指をキュッ、キュッと締めつけてくるのだった。

「なんだかすごいよ、ふたりとも。オマ×コの中が動いてるよ。ああ、エロいよ、たまらないよ」

秀介は鼻息を荒くしながら、指を抜き差ししはじめた。

「あああっ……お……お兄ちゃん……あああん……」

ゆあがお尻の穴をうごめかせながら、身体をのたうたせる。

「はあぁぁん……お兄様ぁ……あああ、Gスポットを……Gスポットを擦ってください。あぁぁぁ……」

秀介が教えてやった快感ポイントへの愛撫をひめかが催促する。

清純派の顔立ちでこの積極性……鼻の奥がツンとするほど興奮してしまう。鼻血が出てないか気にしながらも、両手はもう妹たちの膣に突き刺さっているので確認することもできない。

もちろん鼻血など気にしている余裕はない。

「いいよ、ひめかちゃん、ここだよね？　ここが気持ちいいんだよね？」

秀介が左手の中指を曲げて、入り口付近の膣壁を擦ってやると、ひめかは絶叫に近い喘ぎ声をあげた。

「ああっ……そ、そこ……そこです。あああああん、気持ちいい」

「お兄ちゃん、ゆあも。ゆあもＧスポットを擦ってぇ」

ゆあが末っ子気質全開で、要求してくる。

「ほら、ここだよ。気持ちいいだろ？」

「はひぃっ……ふんんん～ん。す……すごいよ、お兄ちゃん、あああああん！」

ゆあがヒクヒクとお尻を震わせる。

ふたりとも、そうとう感じているらしい。それは愛液が一気に白く濃厚になっていくことからもわかる。秀介の指はすぐに真っ白になってしまった。

「ううっ……このマン汁の濃さ。なんてエロい姉妹なんだろう」

「ああん、いやだよ、お兄ちゃん。そんなこと言わないで。だって気持ちいいんだもん。あああああっ……なんか、もうすぐにイッちゃいそうだよ。あああん……」

「気持ちいい……はああああん、気持ちいいです。お兄様ぁ……」

ふたりは四つん這いポーズのまま、こちらに顔を向けた。潤んだ瞳はもう焦点が合っていない。白いセーラー服との対比がいやらしすぎる。

「じゃあ、もっと気持ちよくしてあげるよ」

秀介は両手とも中指に人差し指をプラスして、二本の指でぬかるみを掻きまわし、親指でクリトリスをこねまわしはじめた。

その二点責めの快感は、それまでの比ではないようだ。ゆあとひめかは身体をのたうたせて、苦しげな声をもらす。

「あぁぁ、お兄ちゃん……んんんん……はあああああん……ダメダメダメ……」

「お……お兄様……ああああん……それ、気持ちよすぎて、あああああん……もう……もうイッちゃいそうです」

「いいよ。イッちゃっていいよ。教室で四つん這いになってオマ×コをいじられながらイッちゃえよ。ほら、これでどうだ」

抜き差しする指とクリトリスをこねまわす親指の動きをさらに激しくすると、じゅぶじゅぶと音がして、愛液がリノリウムの床に飛び散る。

そして、すぐにふたりの妹に絶頂のときがやってきた。

「ああっ……お兄ちゃん、い……イク～！　はあああん！」

「ううう……お兄様ぁ……あああああん、ひめかもイッちゃいます～。あっはああん！」

ほとんど同時に姉妹が絶頂に昇りつめ、収縮した膣壁がぎゅーっと秀介の指を締めつけた。

そして、ふたり同時にぐったりと脱力し、床の上に倒れ込んだ。

5

白いお尻がピクピクと震えている。

秀介の指は濃厚な本気汁にまみれてしまい、両手とも人差し指と中指が完全に張りついてしまっていた。

右手左手と順番にしゃぶると、その本気汁が強力な精力剤だったとでもいうように、すでに硬くなっていた秀介のペニスが、またさらに硬く大きくなっていく。

ピクピクと震えていて、今にも爆発しそうだ。

その様子を見たゆあとひめかは、絶頂に昇りつめたばかりの身体を気怠《けだる》げに起こし、秀介のほうを向いて大きく股を開いてみせた。

上半身は白いセーラー服をきっちりと着ているのに、スカートがめくれ上がり、無毛の陰部が丸見えになっている。
しかもふたりとも、そこは愛液でトロトロになっているのだ。
「すごいよ。この眺め、最高だよ」
鼻息を荒くしている秀介に、ゆあが言う。
「お兄ちゃん、今度はもっと奥を擦って」
それを補足するように、ひめかも言葉を絞り出す。
「オチ×チンを……オチ×チンをください」
Gスポット&クリトリスの二点責めは最高に気持ちよかったはずだが、同時に膣奥
──子宮がもどかしくなってしまったのだろう。
膣口がヒクヒクとうごめきながら、ペニスの挿入を催促している。そして、秀介の
ペニスはさっきふたりの舌と顔に向けて射精したときよりも、さらに力を漲らせてい
た。
こちらもまだ今日は、膣の温かさとヌルヌルさと締めつけのきつさを味わっていな
いのだ。
しかも、目の前には芸術品のように美しいパイパンオマ×コが、ふたつ並んでいる
……。

もう入れたくてたまらない！

だが、さあ、挿入しようと思ったとき、秀介の身体は動かなかった。

どちらから入れればいいのか迷ってしまうのだ。ふたりは同じように大きく股を開いている。いやらしさも同じぐらいだ。

右か、左か……。

「ああ、どうしよう？　どっちから入れればいいんだ？」

悩みが口からこぼれ出ていた。

「もう、お兄ちゃんは優柔不断なんだからぁ。ゆあはもう我慢できないよ～」

ゆあがいきなり飛びついてきて、秀介をその場に押し倒した。そして腰の位置を跨いで立つと、スカートをめくり上げて秀介に言う。

「お兄ちゃん、オチ×チンの先端を天井に向けて」

言われるまま、右手でつかんで先端を天井に向けたが、このままだと騎乗位で挿入することになってしまう。

それでいいの？　と秀介がひめかに目で問いかけると、ひめかはいつもの優しい笑みを浮かべて小さく息を吐いてみせた。

「ひめかはお姉ちゃんですから、妹を第一に考えあげないといけないんです。だから、オチ×チンはゆあちゃんが先で大丈夫です。その代わり、ひめかはお兄様が大好きなあれで気持ちよくしてくださいね」

そう言うと、ひめかも立ち上がって、ゆあと向き合うようにして秀介の顔を跨いだ。

「えっ？　ひめかちゃん、これって……」

「お兄様、これ大好きでしょ？　さあ、ゆあちゃん」

「うん。お姉ちゃん」

ゆあとひめかは見つめ合い、うなずき合うと、スカートをたくし上げたままゆっくりと腰を落としてくる。

秀介はペニスの根元をつかんで、先端を天井に向けたまま横たわりつづけた。

すぐ目の前に、ひめかの陰部が迫ってくる。肉びらがもう充血し、パックリ開いた割れ目の奥で膣口がヒクヒクとうごめいている。

しかもそれが、セーラー服を着たままだというのが興奮してしまう。ペニスがピクピク震えるほど硬くなる。

その硬くなったペニスの先端に温かいものが触れた。それはゆあの陰部だ。パンパンにふくらんだ亀頭が、ぬるりと滑り込む。

「ああっ……お兄ちゃんのオチ×チンが入ってくるよぉ……あああん……」

ゆあは完全にペニスを呑み込んでしまうと、そのまま上下に腰を動かしはじめた。ピタン、ピタンとゆあのお尻が秀介の身体に当たる。それは巨大なペニスが根元まで完全に突き刺さっているということだ。

「あああ、お兄ちゃん、すごくいい！」

亀頭が子宮口に当たり、ゆあが官能の悲鳴をあげる。と同時に、秀介も苦しげな呻き声をもらしてしまう。

しゃがみ込むことで足腰に力が入るせいか、膣壁はふだん以上にきつく秀介を締めつけてくるのだ。

「ううう……ゆあちゃんのオマ×コ、気持ちいいよ」

「あああん、お兄様ぁ……ああああん……ひめかも気持ちよくしてください」

自分ひとりが除け者にされているとでも感じたように言い、和式トイレの排泄ポーズで、ひめかが秀介の口元に陰部を押しつけてきた。

もちろん秀介は、それに食らいつく。

「うっぐぐ……うぐぐ……」

低く声をもらしながら割れ目を舐めまわすと、濃厚な愛液の味が口の中に広がる。

「いい……気持ちいいです、お兄様ぁ……あああん……」

ひめかは悩ましい声を出しながら、グリグリと陰部を秀介の顔に押しつけてくる。

「お兄ちゃん、んんん……すっごく奥まで当たるよぉ。あああん」

ゆあがズンズンと上下に腰を振る。

「あああん、お兄様ぁ……あああああん……」

ひめかのアナルが目の前でヒクヒク動く。

ペニスをゆあのあたたかい膣でヌルヌルと擦られながら、ひめかのそんな恥ずかしい場所を見ることができるなんて最高すぎる！

秀介は頭の中が真っ白になるぐらい興奮していく。

「あああん、いや、ダメ、お兄ちゃん……あああん、イクぅう！」

待望の膣奥を巨大なペニスで突き上げられたゆあが、あっさりと絶頂に昇りつめ、秀介の上からずり落ちた。

抜け出たペニスが、ペタン！　と下腹に倒れ込む。

「あああん……お兄様のオチ×チンがゆあちゃんのマン汁でドロドロになってます。はあぁぁ……いやらしすぎます。あああん、ひめかも入れたくてたまりません。いですよね？　お兄様、ひめかも入れますよ」

今度は、ひめかが秀介の腰のあたりを跨ぎ、腰を落としてくる。

「いいよ。ひめかちゃんも僕のペニスで気持ちよくなって」

秀介はゆあの愛液にまみれたペニスの根元をつかんで、先端を上に向けてやった。そこにひめかの陰部が触れる。そして、ゆっくりとペニスを呑み込んでいく。

「あああん、入ってくるぅ……」

「ううぅっ……気持ちいいよぉ。うううう……」

もう手を離してもペニスが倒れることはない。その状態で、ひめかはさっきのゆあの上下運動に対抗するように、まるでフラダンスでもするように前後左右に腰を動かしはじめた。

「あああ……たまらないよ、ひめかちゃん。んんん……」

「お姉ちゃんのオマ×コに、お兄ちゃんのオチ×チンが入ってるぅ。あああ、なんてエッチなの。すっごく興奮しちゃう。今度はゆあに、さっきお姉ちゃんにしてあげてたのをして。お兄ちゃん、いいでしょ？」

ゆあが立ち上がり、秀介の顔を跨いだ。

「いいよ。ここにオマ×コを下ろしてきて」

秀介は舌を長く伸ばして、それをレロレロと動かしてみせた。そこ目がけて、ゆあがゆっくりと腰を下ろしてくる。

さっきまで自分のペニスを呑み込んでいたゆあの膣口が迫り来る。そこはぽっかりと口を開き、愛液を涎のように溢れさせている。

「ああ、ゆあちゃんのオマ×コ、すごくエロいよ」

「あああん、恥ずかしい……はあぁぁん……お姉ちゃん、よくこんなことをしてたよね。あああ、恥ずかしすぎるよぉ……」

中腰になったままゆあが、騎乗位で腰を振っているひめかに向かって言う。

「その恥ずかしさが興奮するの。そんな変態的な心理を、ひめかはお兄様に教えてもらったんだから。あああぁぁん」

ひめかが恥ずかしさをごまかすように腰の動きを激しくする。

「確かにそうかも。こんな恥ずかしい恰好をしてると思うと、なんだかめちゃくちゃ興奮しちゃう。はあぁぁん……」

その言葉は嘘ではなさそうだ。迫り来るゆあの膣口がヒクヒクうごめき、愛液をポタポタ滴らせている。それはひめかよりもずっとすごい反応だ。

そして、ゆあの陰部が秀介の顔に押しつけられた。

「うっぐぐ……」

すかさず秀介は膣腔の中に舌をねじ込んだ。愛液の濃厚な味がする。さっき舐めたひめかの愛液よりも、さらに味が濃い。

こうやって舐め比べてみて初めて、ひとりひとり愛液の味にも微妙な差があることがわかる。

しかも、それが可愛らしい妹たちの愛液の味の差だと思うと、それを確認することができるという幸運に感謝しないではいられない。

その感謝の思いを、秀介はゆあの陰部にぶつける。膣口に口をつけてズズズ……と愛液を啜ると、ゆあが悲鳴のような声をあげた。

「あっはぁぁんっ……お兄ちゃん、それ……それ、変だよ。あああああん、身体の中身を全部吸い出されちゃいそう。はあああん……」

変態的な行為が生み出す快感の強烈さに驚いたように、アナルがキューッと収縮する。

それを間近に見ながら、秀介は膣穴の中に舌をねじ込み、奥のほうまで入念に舐めまわしてやった。

「あああぁっ……いい……お兄ちゃん……それ、すごく気持ちいいぃ……あああぁぁっ……はふぅぅぃぃぃんん……」

秀介の顔に陰部をこすりつけながら、ゆあは悩ましい声を張り上げる。

そんな妹の痴態を目の前にして、ひめかが切なげに喘ぎながら腰の動きをさらに激しくしていく。

「はあぁぁん。ゆあちゃんたら、なんてエッチな顔をしてるの？　こっちまで恥ずかしくなってくるわ。あああああん……」

膣内の感じる部分に自ら亀頭をこすりつけているのがわかる。そして、ひめかはすぐに絶頂まで昇りつめてしまう。

「あああ、ひめか、もうイキそうです。ああああん、お兄様のオチ×チンで……ああああん、ひめか、イッちゃうぅぅ……あっはあああん！」

身体を硬直させたひめかが一瞬あとにグニャリと脱力して、秀介の上から崩れ落ちる。

ずるんと抜け出たペニスが、愛液を撒き散らしながら下腹に倒れ込む。すかさず、ゆあがそちらに移動する。

「ゆあはやっぱりこっちが好き！」

騎乗位で挿入してしまうと、さっきひめかがやっていた腰の動き——前後左右斜めに動かすフラダンスのような腰の動きを真似してみせる。

姉への対抗心なのだろうが、その動かし方をすると亀頭が膣内を隈無く刺激することなる。

すでに敏感になっていたゆあの身体はその刺激に耐えきれず、すぐに絶頂に昇りつめてしまう。

「ああ、ダメ……お兄ちゃん……あああああん、またイッちゃう！　あっはああん！」

ゆあが背骨を抜かれたようにグニャリと倒れ込み、秀介の上からずり落ちた。

6

ゆあとひめかが並んで横たわり、満足げに息を吐いている。だが、秀介のペニスはまだ硬くそそり立ったままだ。

「ゆあちゃん、ひめかちゃん、まだ終わってないよ」

そう言うと、秀介はゆあの身体を抱え上げるようにして、ひめかの上に移動させた。

「あああん、お兄ちゃん、なにするの？」

「はあぁ……お兄様ぁ……これって……あああん、なんだかエッチな体勢ですぅ」

ゆあとひめかが上下に重なり、正常位で交わっているかのような体勢になった。

「僕の精液を注ぎ込んであげるから、ふたりとも股を開いて」

ふたりの足下に移動して秀介は言った。

ゆあとひめかは素直に股を開く。すると、秀介の挿入を待ちわびるように涎を垂らしながらヒクヒクとうごめいている膣口が、ふたつ縦に並んでいるのだった。

「ああ、すごいよ。いやらしいよ。ううう っ……」

秀介はふたりに襲いかかり、まずは俯せになっているゆあの膣にペニスを挿入した。

「あっはあああん……」

イッたばかりで敏感になっている膣壁が、キューッとペニスを締めつける。

「ううっ……気持ちいいよぉ……あううう……」

秀介はくびれた腰をつかんで、腰を前後に動かした。

キュッとすぼまったアナルのすぐ下で、肉びらがめくれ返り、巻き込まれるという卑猥な動きを繰り返す。

大きく開いたカリ首で掻き出された愛液が、その下で秀介を待ちわびているひめかの肉裂に滴り落ちる。

パンパンパン……とゆあの膣奥を数回突き上げると、すぐに引き抜き、それを下で待ちわびているひめかの膣に突き刺す。

「はあっんんん……お兄様ぁ……んんん……」

ゆあの肩越しにひめかが秀介の顔を見つめながら、悩ましい声を張り上げる。

その顔を見ながら数回膣奥を突き上げると、またすぐに引き抜き、ゆあの膣へと移動する。

「ああっ……すごい……お兄ちゃん……んんん……お姉ちゃんと交互になんて……あああん、これ……エロすぎだよぉ……」

顔だけこちらに向けて、ゆあが言う。

「そうだよ。僕はエロいんだ。でも、ふたりもエロいことが好きなんだろ？」

ゆあの中から引き抜いて、ひめかの中に移動する。

「はあああんっ……好きです……あああん、ひめかもエロいことが大好きなんですぅ……だから……だからお兄様……もっと……もっとしてくださいぃ……ああああん」

「お姉ちゃん、ゆあもエッチなことが大好きだよ。うぐぐう……」

ゆあがひめかにキスをした。しかも、舌を絡ませるディープキスだ。

ひめかも舌を絡め返す。ぴちゃぴちゃと唾液が鳴り、ふたりの鼻息が荒くなっていく。

その様子を見下ろしながら、秀介はふたつの膣穴を交互に穿ちつづけた。

「あああ、ゆあちゃんのオマ×コ、すごく気持ちいいよぉ……ううううっ……ひめかちゃん……ひめかちゃんのオマ×コが吸いついてくるよぉ……あああ、ダメだ。もう……もう出そうだ。ううう……」

卑猥すぎるこの状況をもっと楽しみたいと思ったが、腰の動きを緩めることはできない。理性で抑えることができないのだ。

秀介は苦しげに呻きながら、可愛い妹たちのぬかるみを交互に犯しつづける。

「あああっ、お兄ちゃん……欲しい……お兄ちゃんの精液が欲しいぃ……」

「はあぁ……お兄様ぁ……ひめかにも……ひめかにもいっぱいください」

「ううう……いいよ……あああ、ふたりともいっぱい出してあげるからね。あああ、もう……もうそろそろだ。ううう……もう……もう出る……はっううう！」

身体の奥から熱い津波が押し寄せてきて、狭い尿道を無理やり駆け抜けていく。そして、先端から勢いよく迸り出る。

まずは、ゆあの膣奥に第一陣が噴き出した。

「あっはああん！」

すぐに引き抜き、ひめかの膣に突き刺した瞬間、第二陣が噴き出す。

「はあっんん！」

それで終わりではない。秀介は一擦りごとに妹たちの膣を移動し、身体の中が空っぽになるまで射精を繰り返した。

「ああ、最高だよ。こんなすごいセックスができるなんて、僕はむちゃくちゃ幸せだ。ありがとう」

ぐったりと床の上に横たわると、ゆあとひめかが左右から秀介に添い寝をするように身体を寄せてきた。

「はあぁぁ……お兄ちゃん、ゆあも最高に気持ちよかったよ。お兄ちゃん、大好き」

「ひめかも……ひめかもむちゃくちゃ興奮しちゃいました。はあぁ……お兄様、大好きです」

「僕も……僕も大好きだよ。ふたりとも大好きだよ」

秀介が両手で妹たちを抱きしめたとき、六時限目の終了を報《しら》せるチャイムの音が教室内に響いた。

ああ、ここは中学校の教室なんだ。そう改めて思うと、罪悪感がまた胸の中で騒いだ。

だが、それは心地よい罪悪感だ。ずっと憧れていた、中学校生活がそこにあった。

それならもっと悪いことがしたい。

そのことを考えただけで、また股間のペニスがムクムクと大きくなってきた。

「あれ？　お兄ちゃん……」

「え？　ああん、お兄様ぁ……」

ゆあとひめかが、秀介の身体に起こった変化に気がついた。

「ごめん。放課後の教室で、窓から差し込んでくる夕日を浴びながらエッチなことがしたいな、なんて考えたら大きくなってきちゃったんだ」

「授業中にするだけじゃなく、放課後も？　お兄ちゃんの性欲、底なしだね」

ゆあが、あきれたように言う。

「でも、それいいかも。お兄様がしたいなら、ひめかは付き合いますよ」

そう言って、ひめかが秀介のペニスをそっと握りしめる。

「ううっ……ひめかちゃん……」

「お姉ちゃん、ずるい～。お兄ちゃん、もちろん、ゆあだって付き合うよ。でも、まだ夕暮れまで時間があるけど、そのあいだもずっとやりつづけられる？」

「もちろんだよ」

秀介は即答した。

この状況なら、何回でもできそうだ。おそらく精液が涸《か》れることはないだろう。

「わかった。お姉ちゃん、また三人でいっしょに楽しも」

「いいわ。三人仲よくね。お兄様、よろしくお願いしますね」

ゆあとひめかが左右から秀介の顔に、自分の顔を近づけてくる。そして、唇が三つ触れ合う。

ゆあの舌とひめかの舌が競い合うようにして、秀介の唇をこじ開けて口の中に入ってくる。

その二枚の舌に、秀介は自分の舌を絡めていった。

可愛い女子中学生の妹たちを相手にした、放課後の教室でのセックスが始まる——。

◎本作品の内容はフィクションであり、登場する個人名や団体名は実在のものとは一切関係ありません。

◉新人作品**大募集**◉

マドンナメイト編集部では、意欲あふれる新人作品を常時募集しております。採用された作品は、本人通知のうえ当文庫より出版されることになります。

【応募要項】未発表作品に限る。四〇〇字詰原稿用紙換算で三〇〇枚以上四〇〇枚以内。必ず梗概をお書き添えのうえ、名前・住所・電話番号を明記してお送り下さい。なお、採否にかかわらず原稿は返却いたしません。また、電話でのお問い合せはご遠慮下さい。

【送付先】〒一〇一‐八四〇五 東京都千代田区神田三崎町二‐一八‐一一 マドンナ社編集部 新人作品募集係

いいなり姉妹《いいなりしまい》 ヒミツの同居性活《ひみつのどうきょせいかつ》

二〇二二年 三月 十日 初版発行

著者◉哀澤 渚【あいざわ・なぎさ】

発行◉マドンナ社
発売◉二見書房 東京都千代田区神田三崎町二‐一八‐一一
電話 〇三‐三五一五‐二三一一（代表）
郵便振替 〇〇一七〇‐四‐二六三九

印刷◉株式会社堀内印刷所 製本◉株式会社村上製本所

ISBN978-4-576-22022-2 ◉Printed in Japan

オトナの文庫マドンナメイト

電子書籍も配信中!!
詳しくはマドンナメイトHP
http://madonna.futami.co.jp

おねだり居候日記 僕と義妹と美少女と
哀澤 渚/マンションに嫁の妹が居候することになり…

生意気メスガキに下剋上
葉原 鉄/社長の娘のイジメは性的なものになり…

青春R18きっぷ 大人の冬休み 女体めぐりの旅
津村しおり/出会う女性はみんなエッチが大好き!?

青春R18きっぷ 夜行列車女体めぐりの旅
津村しおり/一夜をともにした女性のことが忘れられず…

青春R18きっぷ みちのく女体めぐりの旅
津村しおり/丈治は旅の先々で大人の女性と出会い…

快楽温泉 秘蜜のふたり旅
伊吹泰郎/関係がぎくしゃくした女子大生と秘湯に赴き…

剣道部の先輩女子 放課後のふたり稽古
伊吹泰郎/一目惚れした先輩からエッチなしごきを…

ふたりの同級生と隣のお姉さんが奴隷になった冬休み
竹内けん/冬休みに独り留守番中に女子が遊びにきて…

浴衣ハーレム 幼なじみとその美姉
竹内けん/童貞少年は盆踊りで幼なじみとその姉に出会い…

少女のめばえ 禁断の幼蕾
楠織/通勤電車で出会った少女からエッチなお願いをされ

生贄四姉妹 パパになって孕ませてください
新井芳野/美人四姉妹は淫虐な男から狙われ……

隣のお姉さんはエッチな家庭教師
新井芳野/名家の跡取りに急遽家庭教師が呼ばれ…

Madonna Mate